JN222105

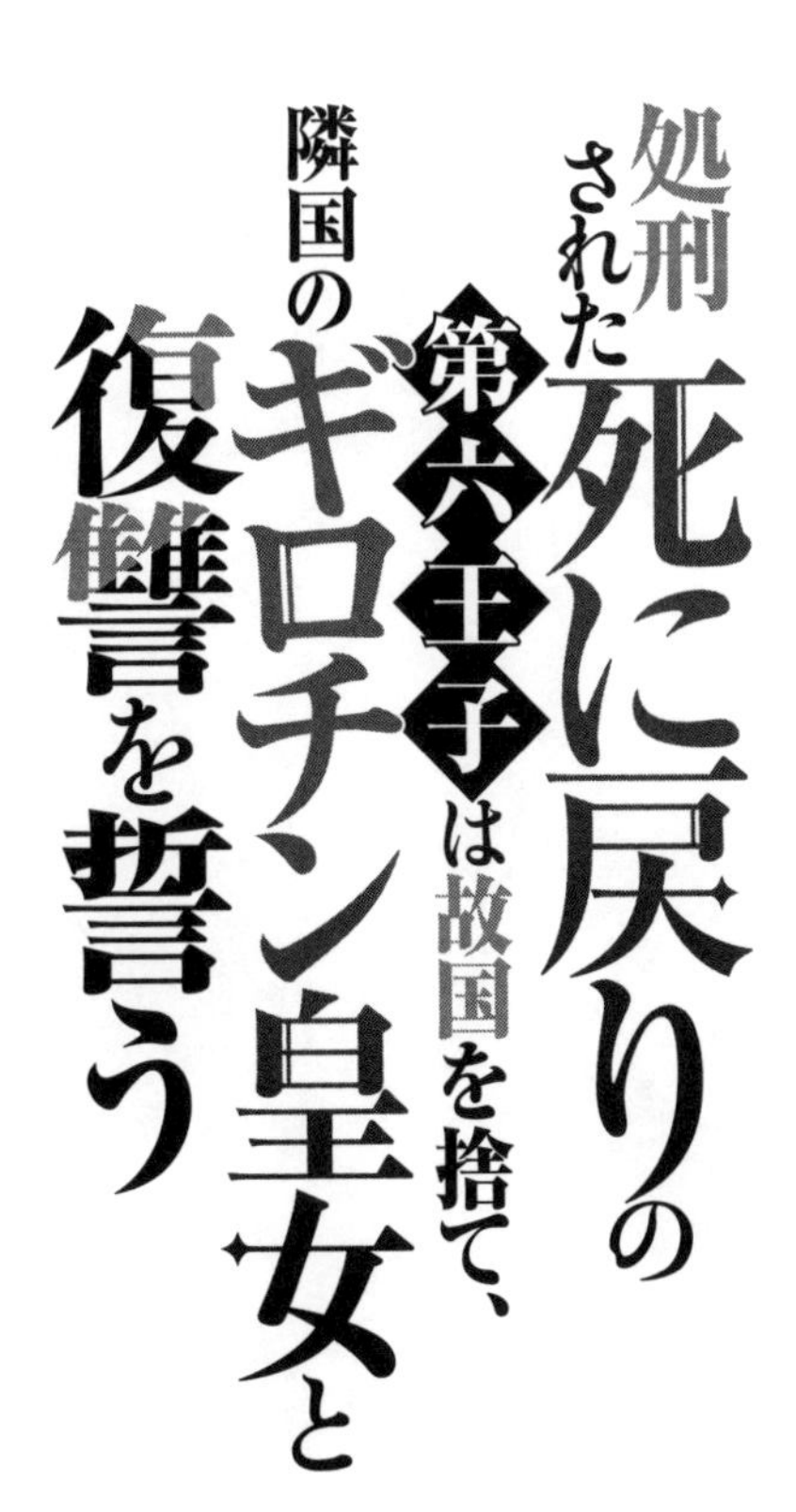

Sammbon
サンボン
illust. 俄

shokei sareta shinimodori no
dai 6 oji ha kokoku wo sute ringoku no guillotine kojo to
fukushu wo chikau

グレン
『皇国の矛（ほこ）』と
呼ばれるほど強い、槍使い。
ブリジットに与している。
サイラス
『皇国の盾（たて）』と呼ばれる、武人。
豪快で義理堅い。
アビゲイルに与している。
ギュスターヴ
ヴァルロワ王国の第六王子。
故国に騙されて
殺された後に死に戻り、
復讐に生きることを決意した。
アビゲイル
ストラスクライド皇国の
第一皇女であり、処刑人。
その冷酷さから『ギロチン皇女』と
恐れられているが……

ブリジット
皇国の第二皇女。
『妖精姫』と呼ばれるほどの
美貌と可憐さを持つ。
セシル
治癒能力を操る聖女。
女神リアンノンに
揺るがぬ信仰を捧げている。
エドワード
皇国の王。統治力と
武力の高さに由来した
『金獅子王』という
二つ名を持つ。
CHARACTERS

序章

「ギュスターヴ。これから処刑される気分はどうだ？」

かつてのこの国……ストラスクライド皇国のかつての王、エドワード＝オブ＝ストラスクライド。彼が座っていた玉座に腰かけているのは、僕の兄であり第二王子であったルイ＝デュ＝ヴァルロワ。

ルイは王族とは思えない下卑た笑みを浮かべ、尋ねてきた。

気分がどうかって？　そんなもの、最悪に決まっている。

僕はこんなにもヴァルロワ王国に忠誠を誓い、全てを捧げてきたというのに、その仕打ちがこれなのだから。

「そう睨むな。私としても助けてやりたいのはやまやまだが、残念ながら貴様の今の身分はヴァルロワ王国の第六王子ではなく、ストラスクライド皇国第一皇女の夫。こればかりはどうすることもできない」

ああ、そうだ。僕は王国によって、この皇国に売られたんだ。

皇国を打倒するために必要な準備期間を稼ぐための生贄として。

……いや、それは最初から分かっていた。

それでも僕は、王国のために尽くしたんだ。ある時は皇国内の情報を王国へと流し、またある時は王国に利するために裏で謀略を行う間者として。いつか父である国王陛下に、僕を必要な息子なのだと認めてもらえることを夢見て。

いや、父だけではない。兄達から、弟として……家族として受け入れてもらえる日を夢見て。

だけど夢というのは、叶わないから夢なんだ。

その証拠に僕は、こうして手足に枷を嵌められ、罪人として芋虫のように地面に転がっている。

(ルイ……ッ!)

ルイへの……王国への怒りでどうにかなりそうな僕は、決して外れないことは分かっているにもかかわらず、身体をよじって枷から手足を引き抜こうと力を込める。だが案の定、どうすることもできず、いたずらに自分の身体が傷つくだけだった。

すると。

「ルイ殿下、あまりギュスターヴ殿下を虐めないでください」

現れたのは、白と黄金を基調とした神官服に身を包んだ、銀髪とアクアマリンのような水色の瞳が特徴の一人の女性。

彼女の名はセシル=エルヴィシウス。

西方諸国の各地に多くの信者を持つ、リアンノン聖教会の聖女。

そして……かつて僕が憧れた女性。

「セシル……ッ！」

「……そのような顔をなさらないでください。私の力が至らぬばかりに、あなた様をお救いできなかった。そのことに、私も心を痛めているのです」

セシルが僕の首と手にそっと触れると、その箇所が淡い光に包まれ、傷が治っていく。

そう……この女は、世界でただ一人、触れた者を癒す『奇跡』を使うことができる。まるで女神の化身であるかのような能力を持ち合わせているからこそ、セシルは聖女と呼ばれていた。

「ですがご安心ください。あなた様の……ギュスターヴ殿下の魂は、きっと主リアンノンが導いてくださいます。愚かな〝魔女〟どもを浄化する炎とともに」

そう言うと、セシルはにたあ、と口の端を吊り上げた。

僕は思う。この女のどこが聖女なのだと。

その本性は、女神リアンノンを崇拝しない者、自分にとって気に入らない者を〝魔女〟と呼び、火炙りにして興奮と愉悦を覚える狂信者に過ぎないというのに。

「ねえ？　あなたもそう思うでしょう？」

セシルが語りかけたのは、僕……ではなく、隣で同じように枷で手足を拘束されている、金色の髪（かみ）と血塗（ちぬ）られた赤い瞳（ひとみ）を持つ、美しくも血が通っていない人形（にんぎょう）のような女性。

僕の妻であり、ストラスクライド皇国第一皇女。

――『ギロチン皇女（こうじょ）』アビゲイル＝オブ＝ストラスクライド。

彼女もまた、セシルと同じく多くの者をその手で処刑してきた。

罪人、ヴァルロワ王国の捕虜（ほりょ）、皇国にとって都合（つごう）の悪い王侯貴族を、数えきれないほどに。

そういう意味でも、アビゲイルとセシルは同じ人種なのだと言わざるを得ない。

僕はそんな彼女に恐怖し、拒絶（きょぜつ）し続けてきた。

三年前に皇国に生贄として差し出されたあの日から、ずっと。

「聖女セシル。君はどちらから処刑するべきだと思う？」

「どちらから、ですか……」

ルイの問いかけに、セシルは顎（あご）に人差し指を当てて思案（しあん）すると。

「こう申し上げてはなんですが、ギュスターヴ殿下は王国に多大なる貢献をなさいました。此度（こたび）の勝利も、全ては彼の功績によるもの」

振り返り、セシルは笑みを湛（たた）えて告（つ）げる。

貴様の言うとおり、僕は王国に尽くしたとも。

アビゲイルの夫という立場を利用して、王国軍をここへ……皇都ロンディニアへと招き入れた。

それにより皇国は為す術もなく皇都を奪われ、今に至るというわけだ。

ああそうだ。僕は皇国を……『ギロチン皇女』を裏切り、この結末を招いたんだよ。

王国が……家族が、僕を皇国という牢獄から救い出してくれるのだと信じて。

いつまでも僕の帰りを待っている恋人……という皮を被った、貴様の言葉を信じて。

「……ですが彼は、自らの私利私欲のために皇国を裏切った男。その功績以上に、罪は重いと考えます。そう、『ギロチン皇女』よりも」

「聖女セシルの言うとおりだ。大罪人ギュスターヴには、最上の苦しみを与えた上で処刑するべきだろう」

二人の茶番を前に、僕は地面に唾を吐き捨てる。

仰々しいことを言っているが、結局は形だけとはいえ王族である僕を処刑するための大義名分が欲しいだけ。

たとえ国王と使用人の間に生まれた不用な存在であっても、王子という肩書がある以上、ルイの一存では軽々に処刑できないからな。

「ならば決まりだ。ギュスターヴは妻であるアビゲイルが処刑されるところを見届けた上で、恐怖に打ちひしがれたまま死ぬがいい」

「勝手なことを……っ！」

僕は血が出るほど唇を噛み、ルイを睨みつけた。

その時。

「ギュスターヴ様」

隣から聞こえる、抑揚のない声。

そちらを向くと、アビゲイルがこちらを見つめていた。

「……なんだ」

「この者達の言葉など、気になさらなくて結構です」

「は……？」

アビゲイルの言葉に、僕は思わず耳を疑った。

「お前も今、聞いただろう！　こうなってしまったのは、全て僕のせいなのだと！　ならお前は、僕に怒りを向けるべきだろう！」

「ええ、聞きましたとも。その上でこのような結果を招いたのは全て、聖女とは名ばかりの醜い女を筆頭とした悪魔のような者達の、『呪い』と『偏愛』であると申し上げているのです」

アビゲイルはそう告げると、ルイにしなだれかかっているセシルへと視線を移す。その人形のように美しい顔が、怒りと憎しみによって歪んでいた。

皇国に来てからの三年間で初めて見せる、アビゲイルが感情を露わにした姿。

たとえ大勢の者を処刑する時でも、眉一つ動かさずにその血のように赤い瞳で冷たく罪人を見下ろしていたあの彼女が。

（何故……どうして……）

アビゲイルの表情に困惑する。だって目の前の彼女は、僕の知っている『ギロチン皇女』ではないのだから。

「違う！　この結果は、全て僕のせいだ！　お前だって……お前だって、僕のせいで死ぬんだぞ！　もっと僕を恨めよ！　その歪んだ顔を、あいつらではなく僕に向けろよ！」

彼女の考えていることが分からず、僕はそんなことを叫んでしまう。

この結果を引き起こしてしまった愚かな自分への嫌悪感で圧し潰されそうになる僕の心を、少しでも軽くしたくて。

僕のせいで処刑される憂き目に遭ったアビゲイルに憎まれることで、少しでも楽になりたくて。

なのに。

「……いいえ、あなた様は何も悪くありません。それはこの私が、一番よく知っています。ただあなた様はあの者達に利用され、裏切られただけ」

ルイやセシルに見せていた怒りの表情は消え失せ、いつものアビゲイルに戻っていた。

まるで仮面を被っているかのような、何の感情も見えない表情に。

「……僕は」

「…………………………」

「僕はもう、お前が分からないよ。いつもは空気でも見るかのような視線を僕に向けるくせに、あの連中には怒りを見せて。なのに、やはり僕にはいつもの顔しか向けてくれない」

僕は顔を伏せ、小さく呟く。

ルイとセシルにはあんなに感情をむき出しにしておきながら、アビゲイルは初めて会った時から僕に一切感情を見せたことがない。

怒りも、憎しみも、喜びも、悲しみも、その何もかもを。

すると。

「そう、ですね……」

「アビゲイル……？」

表情には相変わらず変化がないものの、その真紅の瞳が揺れ、そして——一滴の涙が、アビゲイルの白い頬を伝った。

兵士が強引に、アビゲイルを断頭台に固定する。

「ぐ……っ」

「っ⁉　アビゲイル⁉」

くぐもった声を上げたアビゲイルを見て、僕は叫んだ。

「待て！　まだ……まだ僕達の話は……っ⁉」

「黙れ！」

彼女を止めようとした僕を、別の兵士が押さえつける。

必死に身じろぎをするが、身動きができない。

「ギュスターヴ殿下」

「なんだ、アビゲイル！」

今まさに命を散らすというのに、表情を変えずにこちらを見つめるアビゲイル。僕はその真紅の瞳から、目が離せなかった。

何故なら……確かに彼女は、涙を零していたのだから。

「ずっと——」

——ダンッッッ！

「あ……」

最期の言葉を言い終える前に、数多の血を吸って鈍く光る分厚い刃が、無情にも彼女の……アビゲイルの白く細い首を断ち切ってしまった。

処刑台の上に転がる、アビゲイルの首。

その表情は、先程まで見ていた無表情でも、セシルとルイに向けた怒りと憎しみの表情でもなく、ただ……不器用に、微笑んでいた……っ。

「あ……あああ……あああああ……っ」

気づけば僕は、嗚咽を漏らしていた。

セシルとルイの思惑に今の今まで気づくことができず、このような結果を招いてしまった間抜けな自分に呆れ果てて。

『ギロチン皇女』アビゲイルのことを、何一つ理解できなかった……いや、理解しようとしなかった愚かな自分への怒りで。

「うふふ……ご心配なさらずとも、すぐに逢えますよ」

口元を手で押さえ嘲笑う聖女の言葉を合図に、今度は僕が断頭台に固定された。兵士がギロチンの刃に繋がるロープを切るための斧を振り上げる。

「はあ……これでお別れだなんて、本当に寂しいです。お人好しで愚かな道化師さん」

そんなセシルの言葉を聞きながら、今まさにその命を散らそうという刹那……ただ僕は願う。

――ここにいる全ての者に、絶望と苦しみを。

第一章

「は……っ!?」

気づけば僕は、鏡の前に立っていた。

思わず首に手を遣り……繋がっている。

処刑され、断ち切られてしまったはずなのに。

「これは、一体……」

首をなぞり、鏡に映る自分を見つめる。

僕が今身に纏っているのは、あの時着ていた囚人服などではなく、寝衣だった。

それに、どことなく顔が幼いように感じるが……

何がどうなっているのか理解できず、僕が困惑していると。

「失礼します。……あ、もう起きていらっしゃったのですね」

現れたのは、かつて僕の侍女を務めていたデボラだった。

だけど、この女はアビゲイルとの婚約が決まった時に解雇されたはず。なのにどうしてここにいるんだ……？

「起きたのであれば、呼び鈴を鳴らしてください。おかげで掃除が遅れてしまったじゃないですか」

……ああ、そういえばデボラはこういう女だった。

私生児である僕を常に見下し、侍女であるにもかかわらず言いたい放題。

侍女を入れ替える権力すら与えられず、むしろ我儘を言って国王や兄達から不興を買うことを恐れていた僕は、文句一つ言わずにただ耐え続けていたんだったな。

今から考えると、僕のそんな態度がこの女を増長させたのだから、自業自得ではあるが。

「なあ、デボラ」

「なんですか？　忙しいんですから、いちいち声をかけないでください」

まるで僕などいないかのように部屋の掃除を始めるデボラに声をかけると、この女は見るからに不機嫌になった。

「今日は何年の、何月何日だ？」

「はあ？　何を馬鹿なことをお聞きになられているんですか」

「いいから答えろ」

「っ⁉」

僕が低い声で聞いたことに驚いたのだろう。デボラの顔が僅かにひきつる。

だけどそれはほんの一瞬で、すぐに怒りを湛えた表情になると。

「……ヴァルロワ暦二〇七年の四月二十七日です」

デボラは吐き捨てるように答えた。

やはり僕は、処刑されたあの日から死に戻っていた。それも、六年も前……つまり、僕が十五歳の時まで。あまりのことに、ルイの手によって処刑されるまでの人生が悪い夢のなのではないかと思ってしまう。

あり得ない出来事に、混乱を極めてしまったからだろう。その後少しの間記憶が飛び、気づけば僕は王宮の中庭で、一人ベンチに座っていた。

「……僕は、死に戻った……？」

そんなことがあり得るのかと思わず頬をつねってみるが、普通に痛い。つまり、少なくともここは現実の世界だということ。なら、やはり僕は過去の自分に戻ってきたのだ。どう考えても、その答えしか導き出すことができなかった。

だけど。

「だったら……だったら僕は、もう一度やり直せる……っ!」

僕は拳を握りしめ、静かに歓喜する。

神の悪戯なのかなんなのかは分からないが、僕は六年前の……十五歳の自分に戻ってきたんだ。

今度こそ失敗しないように、王国の言いつけを守って家族の一員だと認めてもらう? それとも、聖女セシルともう一度やり直す? 馬鹿な、あり得ない。僕のやるべきことは、ただ一つ。

「王国に、ルイに、聖女セシルに、復讐することだけ」

断頭台で首を落とされる刹那、僕は願ったんだ。

全ての者に、絶望と苦しみを味わわせるって。

「あはは……その時が、楽しみだよ」

両手で顔を覆い、その内側で僕は口の端を吊り上げた。

◇

「……といっても、どうやって復讐するのかだが……」

部屋に戻ってきた僕は、ベッドに寝転がりながら独り言ちる。

残念ながら、第六王子とはいっても王宮内でなんの権力もなく、僕にできることなんて何もない。

死に戻る前の知識と経験を活かし、国王や兄達を見返して評価を高めるといったことはできなくはない。しかし、今さらあの連中にどう思われようが知ったことではないし、あいつ等のために尽くすなど論外だ。

「やはり皇国の力を借りるしかない、か……」

初代国王カレラ一世が建国してから二百年以上の歴史を誇るヴァルロワ王国は、西の海の先にある敵国ストラスクライド皇国と百年にわたる戦を繰り広げ、それは今もなお続いている。

戦乱と度重なる重税によって民衆を圧迫し続けてきた結果、両国は疲弊し、今から三年後に五度目の休戦協定が結ばれることになる。

「死に戻る前の人生では、王国は向こうの要求を全て呑まされたんだったな」

戦争ではヴァルロワ王国が終始劣勢を強いられ、その結果、休戦に当たって王国はいくつも不利な条件を突きつけられた。

王国北部の軍港ノルマンドとその沿岸部一帯の割譲、少なくない額の賠償金に加え、皇国は王族の人質を要求した。

ただ。

「何故か向こうが要求した人質は、王国からしてみればなんの価値もない僕だったんだよな」

王国と百年もの間戦いを繰り広げてきた皇国は、かなりの数の間者をこの国に送り込んでいるはず。それを通じて、王国の内情を把握しているのだろう。

その上で僕を人質に選んだのは『第六王子であれば御しやすい』という考えからかもしれない。

一応、僕もまがりなりにも王族であるため、人質として体裁（ていさい）は取れている。もし僕を無視して休戦協定を反故（ほご）にするような真似をすれば、王国は周辺諸国に『身内ですら平気で犠牲にする国』という印象を与えてしまい信用を失う、そう考えて。

……もっとも、『皇都襲撃計画（こうとしゅうげきけいかく）』において王国は最初から僕を処刑する予定なのだから、所詮人質としての価値はないがな。

「……まあいい。どんな理由であれ、僕が皇国に人質に出されることは確定なんだ。ならそれを利用し、皇国に取り入って王国打倒を果たすだけ」

そうだ。僕が復讐を果たす唯一の方法は、皇国の力を借りて王国を倒すことだけ。

戦においてはストラスクライド皇国が終始優位に立っているのだから、まともにやり合えば王国に負けるなんてことはないはず。

あの『皇都襲撃計画』も、僕という駒（こま）がいて初めて成功したものなのだから。

「僕が連中の計画を逆手に取りつつ、犬猿（けんえん）の仲である王国を滅ぼすよう皇国を唆（そそのか）してやるだけで、連中は簡単に破滅を迎えるはず。それは確かだろう」

これで、王国打倒への絵を描くことができた。

あとはどうやって、皇国をその気にさせるのかだけど……

「……やはり、アビゲイルを利用するのが手っ取り早いだろうな」

休戦協定により人質として皇国に差し出された僕だけど、さすがにそのままだと体裁が悪いということで、形式上は婚姻を結ぶこととなった。

その相手こそがストラスクライド皇国の第一皇女である、アビゲイルだ。

「はは……今から考えれば、人質となった不用の王子が『ギロチン皇女』の夫になるなんて、ある意味お似合いだな」

天井を見つめながら、僕は自虐的に笑う。

アビゲイルはその二つ名のとおり多くの者を死へと誘い、国内外で忌み嫌われている存在。

思わず目を奪われてしまうほど美しい彼女だが、その心は冷酷そのもの。燃えるような真紅の瞳には、まるで正反対の凍てつく氷のような冷たさを宿しており、細い右手を上げて次々と断頭台送りにしてきた女だ。

皇国へと渡ったばかりの頃、泣き叫ぶ貴族の一家を処刑する彼女の姿を見せつけられ、戦慄したのを覚えている。

だから彼女は皇国内で苦しい立場に置かれており、そのことを死に戻った僕は知っている。

そんなアビゲイルだからこそ、僕があてがわれることになったのだろう。

ただ……死に戻る前の僕は、作業のように処刑を行うアビゲイルに恐怖していたんだ。

「……だからいつも、僕はあの女から逃げ回っていたな」

皇国で過ごした三年間を思い出し、僕は苦笑する。

人質である僕は、いつかアビゲイルに処刑されてしまうのではないかと怯えて、夫婦であるにもかかわらず公式行事の時以外に顔を合わせることなど一度もなかった。

言葉を交わしたことなど、婚約式と結婚式で形式的な宣誓を行ったあの二回きり。

いや。

「最後の最後で、初めて話をしたな」

処刑される間際、確かに僕とアビゲイルは言葉を交わした。

そして僕は、あの女が感情を露わにした姿を初めて見たんだ。

真紅の瞳から零れ落ちる、その涙も。

「……アビゲイルは、何を言おうとしたんだろう」

あの女は確かに、僕を見て何かを告げようとした。ルイがあとほんの数秒処刑を遅らせていたら、それを聞くことができただろう。でも、それを聞くことはもう、永遠にない……って。

「違う」

僕は身体を起こし、かぶりを振る。

処刑された日から六年前の今日に戻ってきた僕には、アビゲイルの言葉の続きを知る機会が与えられたんだ。何より、死に戻る前の僕とは違う。

皇国に……いや、アビゲイルに取り入り、王国を滅亡させ、復讐を果たす。

そう決めたのだから。

「とにかく、時間を無駄にするわけにはいかない。僕にできることを、最大限やらなければ」

幸いにも、王国による皇都襲撃が行われるのは今から六年後。それまでにできる限りの準備と策を整え、王国と聖女セシルに、鉄槌を下す。

僕は拳を握りしめ、決意を新たにした。

◇

「お、おい。あれ……」

「ああ……一体何しに来たんだ……？」

王宮内にある訓練場に顔を出すと、訓練をしていた王宮の騎士達が手を止め、皆一斉に僕に注目する。

　これまで一度も訓練場に顔を出したことがない僕がいきなり現れたのだから、そういった反応も当然だ。だけど、僕も皇国へ渡るまでの三年間を、ただ無為に過ごすわけにはいかない。

　何せ、敵国の王子である僕は皇国で狙われ続け、幾度となく暗殺されかかったのだから。

　元々皇国に贈るために渡された支度金を、要求されなかったのをいいことに着服し、私兵を雇って僕を守らせたことで暗殺者の手から逃れることができたが。

「こ、これはギュスターヴ殿下。このようなむさ苦しいところへ、どのようなご用件で……？」

「貴様は？」

「はっ。王国騎士団で副長を務めております、エルマン＝バラケと申します」

　バラケは胸に手を当て、名乗った。

「そうか。僕は少し汗を流しに来ただけだから、気にしないでくれ」

「で、ですが……」

「いいから」

　何か言いたそうにしていたバラケを追い払うと、僕は訓練用の剣を手に取って訓練場の隅へと向かう。

　そして。

「一……二……三……」

剣を構え、一心不乱に素振りを始める。

皇国に渡れば、自分の身は自分で守らなければならない。

死に戻る前の人生では私兵を雇って守らせていたが、今回はそういうわけにはいかないからな。

支度金を含め、金も時間も全て復讐のためだけに使わなければ。銅貨の一枚たりとも、無駄遣いできないんだよ。

それに。

「きっとあの人は、容赦なく打ち据えてくるだろうからなあ……」

僕は死に戻る前の人生で出会った一人の男を思い出し、苦笑する。

彼はアビゲイルの夫となった僕のことが気に入らず、ことあるごとに絡んできては訓練場へと引っ張り出し、稽古という名のしごきをしてきたんだ。

そのおかげで『皇都襲撃計画』が実行される直前になると、僕もそれなりの実力を手に入れることができた。それだけは、不本意ながら感謝しないといけない。

……いや、違うか。あの人は僕がこれまでの人生の中で、初めて真正面からぶつかってくれた人だったな。

「なら、再会した時には今度こそ見返してやらないと」

幸いなことに、死に戻る前の人生であの人から教わり、培った剣の技術は今も僕の中にある。

足りないのは、それを十全に扱うための基礎体力だけ。

だからこうして、技術を活かすための特訓を始めることにしたんだ。

「九百九十七……九百九十八……九百九十九……一千！」

一千回の素振りを終え、僕はその場でへたり込む。

さすがに初日からこの回数はやりすぎじゃないかとは思うが、残された時間には限りがある。立ち止まっている余裕はないし、甘えてなどいられない。

剣を杖代わりにして立ち上がり、次の訓練に移ろうとした。

その時だった。

「どうしてこんなところに、ごみ屑がいるのだ」

聞こえてきたのは、僕に対する侮蔑の言葉。

ああ……いつか出くわすとは思っていたよ。

「目障りだ！　あの屑をつまみ出せ！」

王国騎士団長と将軍職を兼務する、王国最強の騎士にしてヴァルロワ王国の第三王子。

――フィリップ＝デュ＝ヴァルロワ。

「ギュスターヴ殿下、申し訳ありませんが……」

「ここから退場願います」

二人の騎士が僕の両脇を抱え、強引に訓練場の外へと連れ出そうとする。

……まあ、素振りをはじめ基礎体力の特訓なら、ここでやらなくてもいいしな。いちいち相手にしていられない。

僕は少し乱暴に騎士の腕を振り払うと、疲労で覚束ない足取りながらも自ら訓練場の外へ出ようとする……のだが。

「待て」

騎士達につまみ出せと言っておきながら、今度は僕を呼び止めるのか。

意味が理解できず、僕は無言で振り返った。

「どういう風の吹き回しか知らんが、所詮は下賤な者の血を引く無能の屑。剣を持つことすら不敬だ」

……言いたい放題じゃないか。

まあこの男は、五人いる兄の中で最も僕を見下しているからな。当然といえば当然の発言ではある。

フィリップとて剣の実力がなければ、ただの脳筋馬鹿に過ぎないというのに。

「気が変わった。この屑に、本物の剣というものを教えてやれ」

そう言ってフィリップが目配せをすると、副長のバラケが一人の騎士を呼びつけて何かを話した。

ひょっとしたら、僕と試合でもやらせるつもりなのかもしれない。

「おい屑。この者と手合わせをしろ」

ほら、やっぱり。

「お断りします。そもそも僕は、今日初めて剣を握ったんです。王国騎士の相手になるはずがありません」

この言葉は嘘じゃない。死に戻る前の人生ではこれでもかというほど剣を振らされ続けてきたが、少なくともこの十五年間、剣を握ったことはないのだから。

とはいえ。

「黙れ。誰が屑に発言を認めた」

「…………………」

貴様がそう言うことも分かっていたさ。

僕を王子だと……弟だと認めていないどころか、人権すら認めていないことくらい。

だけど死に戻る前の僕は、貴様のような男にすら家族だと認めてほしかった。自分の馬鹿さ加減に笑うしかないよ。

「はあ……面倒ですが、分かりましたよ。彼と手合わせをして、恥をかけばいいんですね」

「っ！　貴様！」

僕の態度と物言いが気に入らないフィリップが、青筋を立てて大声で叫んだ。

そんなこと、知ったことじゃない。

もう貴様に家族として認めてもらいたかった僕は、この世界には存在しないんだよ。

「さあ、さっさと始めよう。僕も忙しいんだ」

「……どうかご容赦ください」

剣を構えて向かい合う対戦相手の騎士が、形式上は断りの言葉を入れる。

その表情を見る限り、少しも悪びれてはいないようだが。

「シッ！」

騎士が大きく踏み込み、突きを放つ。

なるほど。王国騎士だけあって、それなりの腕はあるみたいだ。

でも。

「なっ⁉」

僕が半身になり躱してみせると、騎士は目を見開いた。

突きの軌道は間違いなく僕の喉笛を通過していたし、一撃で倒すつもりだったんだろう。下手をすれば、僕が死んでしまうが、それすらいとわずに。

残念だったな。その程度の突きすら躱せないとなれば、僕はあの人に死ぬほどしごかれるんだよ。

「が……が、ひゅ……っ⁉」

首に強烈な一撃を叩き込んでやると、騎士は白目を剥いて倒れる。

まあでも、僕に重傷を負わせるつもりで攻撃を仕掛けたんだ。逆に食らったとしても、文句はないよな。

「お、おい⁉　こいつをすぐに医務室に連れていけ！」

「は、はっ！」

慌てて駆け寄ったバラケ副長が、騎士達に指示を出す。

一瞬呆けていた騎士達も、びくん、びくん、とおかしな痙攣を見せる騎士の姿を見て、このままではまずいと悟ったようで、すぐに医務室へと運んでいった。

さて……当然、このままでは済まないよな……っ⁉

「ぐは……っ⁉」

「貴様あああああああッッッ！　屑の分際で王国の宝である俺の部下を傷つけるなど、恥を知れッッッ！」

僕はフィリップに不意を突かれる形で後ろから思いきり背中を打ち据えられ、地面に倒れる。

直情的で、無駄に誇りだけ高く、唯我独尊。分かってはいたが、やはりこの男にとって、僕のような男が勝利すること自体、許しがたいみたいだ。

「が……ぐ……っ」

「たまたま父上の血を与えられただけの屑が、調子に乗るな！　貴様のような屑は、即刻ここから……いや、この世から消え失せろッッッ！」

フィリップは、倒れて苦しむ僕を全体重を乗せて蹴り飛ばすと、思いきり踏みつける。おかげで僕は息もできず、悲鳴を上げることすらできなかった。

だけど。

(は……はは……なんだ、こ、の程度か)

あの人の稽古のほうが何倍も辛く、何倍も厳しい。ただ蹴られるだけでいいのなら、こんなに楽なことはない。

それに、貴様が僕を蹴り続けてくれるおかげで、より楽しみで仕方ないよ。

貴様の顔が絶望に染まり、悲鳴を上げるその姿を見る、その時が。

「ぺっ！　おい！　この屑を捨ててこい！」

「はっ！」

怒りに満ちた表情の騎士達に抱え上げられ、僕は訓練場の外に乱暴に放り捨てられた。

一応は僕も第六王子だから、仲間を傷つけられても手出しできず悔しい思いをしているようだけど、フィリップによってぼろぼろにされた僕を見て、騎士達もとりあえずは溜飲を下げたようだ。

（まあ、知ったことじゃないが）

とにかく、想定外ではあったが騎士と手合わせをしたことによって、フィリップや王国騎士団の実力を肌で感じることができたのは大きい。

これなら、間違いなく僕のほうが強い。

呻き声を上げつつも、僕は満足してほくそ笑んだ。

◇

「九百九十七……九百九十八……九百九十九……」

訓練場で騎士と手合わせをした日から一か月後。

僕は誰も訪れることがない王宮の裏庭で、一人黙々と素振りをしていた。

死に戻る前の人生において嫌というほどあの人と手合わせをしてきた僕は、今さら誰かを相手にする必要もない。なら、剣の技術を存分に振るうために身体を鍛えることのほうが大事だ。

ちなみに、フィリップから受けた怪我はほぼ完治している。元々急所を外して受けていたので、精々打ち身や擦り傷程度で済んだ。

なお、僕と手合わせをした騎士は、もう以前のような生活には戻れないらしい。

どうやら首の骨が折れていたようで、あの男の騎士としての人生は終わった。

罪悪感はないのかって？　まさか、そんなものがあるはずがない。

むしろ将来敵となる兵を一人消すことができたんだ。僕としては大満足だよ。

「……今日はここまでにするか」

素振りを終え、僕は汗を拭って裏庭を出る。

基礎体力を向上させるためには、地道な訓練を繰り返すしかない。

なあに、皇国に渡るまで三年あるんだ。焦らずに続ければいい。

そうして部屋に戻るために王宮内の廊下を歩いていると。

「あれは……」

窓から見えたのは、地面に跪いたまま詰問する侍女長に泣きながら許しを乞うデボラの姿だった。

「信じてください！　私は殿下のものを盗んだりなどしておりません！」

「では、これは何なのですか？」

侍女長が掲げたもの。それは、ひびの入ったエメラルドがあしらわれたブローチだった。

「どうしてこれをあなたが持っていたのか、説明なさい」

「し、知りません！　そもそも私が、どうしてそのような無価値なものを……っ」

「……地下牢に閉じ込めておきなさい。追って沙汰が下されるでしょう」

「待ってください！　お願いします！　私じゃない！　私じゃないのおおおお！」

手を伸ばし懇願するデボラだが、衛兵達はあの女を引きずり、そのまま地下牢へと連行した。

「ははっ」

それを見て僕は、口の端を吊り上げる。

そうだ。エメラルドのブローチは、僕の亡くなった母上の形見。それをあの女の懐にこっそりと忍ばせ、侍女長に告げ口をしたんだよ。

僕の部屋に出入りをする侍女は、デボラしかいない。その上で決定的な証拠となるブローチがあの女から出てくれば、誰が見ても犯人は彼女しかあり得ない、というわけだ。

憐れデボラは王族のものを盗んだ罪人として……まあ、処刑されるだろうな。

「あの女がどうなろうと、知ったことじゃないがな」

いずれにせよデボラは僕のブローチを盗むのだから、それが少し早まっただけのこと。

そう……死に戻る前の人生においても、あの女はブローチを盗んだんだ。

デボラは僕が皇国に渡っていなくなるのをいいことに、ずっと大切にしてきた母上の形見を、王宮を出る直前に盗むなんていうとんでもないことをしでかした。

残念ながらブローチを捜す時間も、犯人を突き止める時間もなかったから、泣く泣く諦めたんだ。

でも、あの女が犯人であることは間違いない。だって、ブローチの隠し場所を知っているのは……いや、そもそもブローチの存在を知っているのは、唯一のお付きの侍女だったデボラしかいないのだから。

「もし貴様も死に戻ることができたら、次はその手癖の悪さを何とかするんだな」

吐き捨てるようにそう呟くと、僕は部屋へと戻った。

◇

「本日付でギュスターヴ殿下付きの侍女となりました、マリエット＝ジルーと申します」

「…………………」

恭しくカーテシーをする侍女を見て、僕は押し黙る。

目の前の女は、一緒に皇国へと渡る際に僕の侍女となった。

マリエットが従者となるのは、王国と皇国が休戦協定を結んだ日の一週間後。つまり、今から二年八か月後。

その事実が覆(くつがえ)った理由は、一つしかない。

「……デボラがいなくなったから、早まったということか」

聞き取れないほど小さな声で呟いた僕を見て、マリエットは不思議(ふしぎ)そうな表情で首を傾(かし)げた。

「いかがいたしましたか……？」

「いいや、なんでもない」

なるほど、死に戻る前と違う行動を取ると、歴史というのは別の形で辻褄(つじつま)を合わせるということか。

ならば、これを踏まえた上で復讐の手立てを考えなければな。

ただ、少なくとも休戦協定が結ばれるまでは、あまり余計なことをしないほうがよさそうだ。

万が一にでも『皇都襲撃計画』の内容まで変わってしまったら、それを逆手(さかて)に取って復讐しようと考えている僕の策が崩壊(ほうかい)してしまいかねない。

「じゃあ、これからよろしく頼むよ」

「はい。こちらこそ、どうぞよろしくお願いします」

作り笑いを貼りつけてそう告げると、マリエットも微笑みながらお辞儀(じぎ)をした。


……まあ、それはいいのだが。

「マリエットをどうするか、だな……」

誰もいない部屋のベッドに寝転び、僕は天井を見上げながら呟く。

マリエット＝ジルー……あの女は僕の従者として一緒に皇国へ渡るのだが、実は聖女セシルの内通者でもあった。

セシルから指示を受けたマリエットはそれを僕に伝え、時には僕の代わりに『皇都襲撃計画』に必要な下準備を行うなど、重要な役割を担っていた。

いつからセシルと繋がっているのかは分からないが、僕の計画が露呈してはまずい。

まずはマリエットとセシルの関係について、調べておく必要がありそうだ。

「ハア……やることが多い」

僕は、溜息を吐いてこめかみを押さえた。

◇

「ふう……かなり体力がついたな」

死に戻ってからちょうど二年が経過した日の、王宮の裏庭。

日課である訓練を終え、僕は身体の感触を確かめる。

あれから一切目立つことなく、僕は一人黙々と身体を鍛え続けてきた。そのおかげで処刑されたあの日の自分よりも、体力や筋力がついたのは間違いない。

今ならあの人を倒せるのではないかと、錯覚してしまうほどに。

「……はは、そんなわけがないか」

僕は苦笑し、かぶりを振る。

剣の技術を磨き上げ、こうして体力も増加して格段に強くなったからこそ分かる。

あの人は、正真正銘の化け物だ。

「まあ……だけど、自分の今の実力がどれほどのものなのか、胸を借りてはみたいな」

ともあれ、あと一年もすれば会えるのだから別に焦ることはない。それより優先するべきは、今以上に訓練を重ねて少しでもあの人に近づくことだろう。

そうすれば、死に戻る前の人生では教わることができなかったその先の領域へと、いずれ辿り着くことができるかもしれないから。

「よし！　次は素振りだ！」

両頬を叩いて気合いを入れ直し、僕は剣を握り一心不乱に振るう。

すると。

「ギュスターヴ殿下」

現れたのは、マリエットだった。

僕の侍女を務める彼女には普段の予定を全て伝えており、誰も訪れることのないこの裏庭で訓練していることも知っている。

「どうした？　わざわざここに来るなんて」

「実は殿下にお客様がいらっしゃっております」

どこか思いつめた表情で、マリエットが告げる。

その灰色の瞳に、期待と諦めが入り混じったような色を湛えて。

彼女の様子を見て、僕は誰が訪れたのかを理解する。

（……ようやくか）

僕はこの時を待っていた。

「分かった。すぐに支度しよう。ああ、それと……」

そう言ってマリエットに二、三指示を出すと、急ぎ部屋に戻って着替えを済ませる。

これから会う者には、少しの違和感も抱かせるわけにはいかない。

何故なら。

「うふふ……お会いできて光栄ですわ。ギュスターヴ殿下」

王宮の庭園。慈愛に満ちた微笑みを湛え、目の前の女性は胸に手を当ててお辞儀をする。

そう……休戦協定の九か月前の今日は、僕が聖女セシルと初めて出会う日だ。

「こちらこそ！　まさか聖女様が僕なんかに会いに来てくださるなんて、思いもよりませんでした」

僕はわざと興奮した素振り（そぶ）りを見せ、挨拶（あいさつ）を返した。

死に戻る前の人生では、初めて見たセシルの美しさに目を奪われたことを覚えている。

きっとこの女は、そんな僕の反応を見て利用しようと考えたはず。なら、それと同様に振る舞（ま）って、死に戻る前と同じ行動をさせるようにしないと。

「それで、本日はどのようなご用件で？」

セシルを促（うなが）して互（たが）いに席に着くと、僕は単刀直入（たんとうちょくにゅう）に尋ねた。

「もちろん、ギュスターヴ殿下にお会いするためにまいりました。殿下は王室の行事にもあまり参加なさいませんし、なかなかお会いする機会もありませんでしたので」

「そうでしたか……」

使用人が淹（い）れてくれたお茶を口に含み、僕は頷（うなず）く。

確か死に戻る前は、その言葉に舞い上がっていたなあ……間抜けな自分を殴（なぐ）ってやりたい。

「ですが……うふふ」

「な、何か？」

「いえ。まさかギュスターヴ殿下が、これほどまでに素敵な殿方だとは思いませんでした。それに、王者としての風格も備えていらっしゃるようで」

口元を手で隠し、セシルはそんなことを宣った。

こんな見え透いたお世辞に引っかかる馬鹿はいるのかと言いたくなるが、実際に引っかかったのは死に戻る前の僕。穴があったら入りたい。

「ご、ご冗談を。ご存じかもしれませんが、僕は国王陛下と使用人との間に生まれた第六王子。こうして聖女様とお会いして言葉を交わすだけでも恐れ多く……」

「いいえ、そんなことはありません。殿下は確かに、いずれ素晴らしい偉業を果たされる御方だと思っております」

僕の手を取り、潤んだアクアマリンの瞳で見つめるセシル。

ああそうだな。貴様の言う偉業というのは、『皇都襲撃計画』のこと。やはり、この時点でそういった想定をしていたのだろう。貴様や王国の指示に従って墓穴を掘る道化たる僕を、彼女は裏で嘲笑っていた……そんな事実を思い出し、怒りが腹の底から湧くのを感じる。

しかし、それを露わにするわけにはいかない。

「ああ……主リアンノンのお告げに従い、ギュスターヴ殿下に会いに来てみてよかったです。これからもどうか、こうして私と会っていただけませんか……？」

歓喜の吐息を漏らし、セシルは上目遣いで懇願する。

分かっている。休戦協定が結ばれるまでの間、定期的に会う中で僕を籠絡するつもりなんだろう？

『私の言葉に従えば王国はあなたを見直し、正式に家族として認めてくれるはず』などと甘言を囁いて。

だけど。

「ええ！　聖女様がよろしいのであれば！」

僕は勢いよく立ち上がり、セシルの手を強く握る。そして、感極まった表情で何度も頷いてみせた。

当然、演技だ。

僕としても、この女に使い捨ての駒だと思われたほうが裏をかきやすく、色々と都合がいい。そうすればセシルは、死に戻る前と同様に『皇都襲撃計画』の情報を僕に流してくれるだろうからな。

これなら『皇都襲撃計画』が死に戻る前と大きく変わらないように手を打つことができる。

そんなことを考えていると。

「うふふ……本当に、可愛らしい御方……」

「っ⁉」

熱を帯びた視線をこちらに向けたセシルにいきなり頬を撫でられ、僕の身体が強張る。

……こんなこと、以前はなかったんだが……

「ご、ご冗談はおやめください。その……」

「失礼しました。……ですが、ギュスターヴ殿下はあまり女性をご存じないのですね」

そう言うと、セシルはぺろり、と唇をなめずる。

その姿はあまりにも妖艶で、蠱惑的で、以前の僕ならば間違いなく引き込まれてしまっただろう。

今の僕にとってはただただ不快でしかないわけだが。

「では、次にお会いできる日を楽しみにしております」

「は、はい」

席を立ち、何事もなかったかのように部屋を出てゆこうとするセシル。

僕は。

「その……一つお伺いしてもいいですか？」

「はい、構いませんよ」

「聖女様には『奇跡』と呼ばれるお力があって、どんな怪我でも……いや、怪我だけに限らず病すらも治すことができるとか。それって……」

「うふふ、確かに私は怪我を治すことはできますが、さすがに病まで治療することはできません。

それは主リアンノンに背き、与えていただいた運命を捻じ曲げる行為ですので」

「そ、そうですか……」

セシルの答えを聞き、僕はあからさまに肩を落としてみせた。

「その、ギュスターヴ殿下のお知り合いに、病に冒されている方がいらっしゃるのですか……?」

「……以前世話になった者が、病で臥せていると風の噂で聞きまして。それで、聖女様ならもしかすれば、と考えてしまいました」

「本当に申し訳ありません……私にもっと力があれば……」

「とんでもない! 聖女様は何も悪くありません! むしろそのような失礼なことを聞いてしまい、誠に申し訳ありません!」

落ち込むセシルを見て、僕は慌てて弁明し謝罪するふりをしつつ、内心ほくそ笑んだ。

やはりセシルには病を治す力までは備わっていない。そのことをこの女の口から語らせることができて、僕は満足だ。

「そ、それでは聖女様、玄関までお送り…………」

「セシル……まさか君が王宮を訪ねてきているとは、思いもよらなかったぞ」

庭園を出ると、ルイが待ち構えていた。

僕とセシルが会っていることを、使用人の誰かから聞きつけたのだろう。

「もう用事は済んだんだろう？　ならこれから私と……」

「うふふ、申し訳ありません。この後は午後のお祈りがありますので、また次の機会に……」

セシルが微笑みながらやんわりと断ると、ルイは苦虫を噛み潰したような表情を浮かべる。

……そういえばこの二人は、死に戻る前の人生においては恋仲だったな。仲睦まじい姿を、処刑台から嫌というほど見せつけられたことを思い出したよ。

「なら、せめて玄関まで送ろう」

「ありがとうございます」

ルイは僕が視界にいるはずなのに存在しないものとして無視し、セシルの手を取って庭園を出ていった。

ただ一人、その場に残された僕は。

「……マリエット、聞いたか」

「はい……」

現れたのは、悲痛な表情を浮かべるマリエットだった。

彼女には茂みの中に隠れていてもらい、僕達の会話を聞いてもらっていたのだ。

マリエットが侍女となったことを受け、僕は、彼女の素性について調べていた。

すると、彼女がジルー子爵家の長女として生まれたことや実家が貧しく、家財道具などを売ってなんとか生計を立てていることが分かった。

そんな彼女にはカミーユという弟がおり、残念ながら不治の病に冒されているらしい。

弟の治療にはかなりの費用がかかり、マリエットはお金を稼ぐために王宮で使用人として働いているのだ。

「可哀想だが、あの聖女様であっても君の弟を治すことはできないそうだ」

「お、お待ちください。どうして殿下が、私の弟のことを……？」

「一応僕は、君の主人に当たるんだ。なら、君がどのような人物なのか把握しておくのは当然だろう」

「…………………」

僕の言葉を受け、マリエットは唇を噛んで俯いてしまう。

ひょっとしたら、弟のことを僕に知られたくなかったのかもしれない。そのせいで、王宮から追い出されてしまうことを危惧している可能性は、十分にある。

確かに他の兄達であれば、マリエットの境遇について気にも留めないだろうし、下手をすれば後々面倒になると考え、早々に解雇することもあり得るだろう。

だけどそれ以上に、マリエットは口惜しいだろうな。

セシルであれば弟を治せるんじゃないかという夢が、打ち砕かれてしまったのだから。そうなると彼女に残されているのは、今までどおり弟の治療費を稼ぐために、身を粉にして働くことだけ。

だから。

「……君の弟が生き続けるために必要な治療費、僕が用立ててもいい」

「っ⁉」

マリエットは勢いよく顔を上げ、目を見開いた。

「お、恐れながらギュスターヴ殿下は、その……弟の治療費に充てるだけのお金を持ち合わせていらっしゃらないと思われます」

侍女を務める彼女は、僕の懐事情もよく知っている。

それでもあえてそう提案した理由。それは。

「心配いらない。一年後には、君の弟の治療費だけでなく、ジルー家を再興するだけのお金を工面できるはずだ」

そう……一年後、僕は皇国の人質になることで、多額の持参金を手にすることができるんだ。

死に戻る前の人生では、それを私兵を雇うために使ったが、あの人から剣術を学び、それを活かすため鍛え上げられたこの身体を手に入れた今、それは必要ない。

何より、アビゲイルに取り入ることさえできれば、そのような危険な目に遭うこともないだろう。

「……殿下はこの私に、何をお望みなのでしょうか」

その細い腕で自らの身体を抱きしめ、マリエットが尋ねる。

少し怯えているようにも見えるが……何か勘違いされてはいないだろうか。

「これは、侍女として僕に仕えてくれている君への感謝の気持ちだよ。何せ、この王宮には誰一人僕の味方がいないからな」

「そんなことは……」

「気を遣わなくてしなくてていい。これは事実だ」

そう言って僕は苦笑する。

使用人の子供である不用な王子の僕は、これまでずっと独りぼっちだ。

だから彼女を味方にしたいと思うことは、何も不自然ではない。

「よ、よろしいのでしょうか……」

「もちろん。ただ、これからも僕のことを支えてくれると嬉しいな」

「はい……はい……っ」

灰色の瞳から大粒の涙を零し、マリエットは何度も頷く。

彼女もまた、ずっと報われない人生を過ごしてきたに違いない。それが僕のお金によって、弟を生き永らえさせることができる。マリエット自身も、これ以上苦労することもなくなるだろう。

「さあ、僕のことは気にしなくていいから、君は少し休んでくるといい。さすがに泣き腫らした顔で仕事をされたら、僕の管理責任を問われてしまう」

「あ……そ、そうですね。申し訳ございません」

マリエットは深々とお辞儀をすると、庭園から出ていった。

「……僕は、酷い男だな」

彼女の背中を見つめ、呟く。

王宮内において力がないために苦労したが、セシルとマリエットの関係を調べたことで、現時点では二人は通じていないことが分かった。

それを踏まえると、セシルは病に臥せる弟の治療を条件にマリエットを懐柔(かいじゅう)し、利用した可能性が高い。

ただ、先程セシル自身が『病まで治療することができない』と語っていた。つまり、マリエットを騙したということなのだろう。

死に戻る前の世界では僕が処刑された後、マリエットも始末されたと考えるのが妥当。『奇跡』で病を治すなどという嘘を吐いたとしても、マリエットさえ亡き者にすれば問題ない。

「本当に、反吐(へど)が出る」

セシルの卑劣なやり方に思わず吐き捨てるように呟いた。

だが、僕も彼女と同じように彼女の弟の治療費を餌にしてマリエットを利用しようとしているのだから、そんなことを言う資格などない。

そんな自分自身に呆れ、思わず苦笑してしまう。もっとも、僕はマリエットとの約束を反故にするつもりはない。

とにかく。

「これで僕は、ようやく手駒を一つ手に入れることができた」

セシルや王国に復讐するための、ほんの小さな一歩に過ぎないかもしれない。

だけどこれは、今まで何もできなかった僕にとって、とてつもなく大きな一歩でもあるんだ。

こうして僕は、少しずつ積み上げる。

——復讐へと至る、ただ一つの道を。

◇

さらに月日は流れ。

「喜べギュスターヴよ！　ストラスクライド皇国の第一皇女、アビゲイル殿下との婚約が決まったぞ！」

国王は大勢の王侯貴族が見守る中、十八歳の誕生日を迎えて成人となった僕に、高らかに告げた。

喜べと言われても、嬉しいことなど何一つない。

……死に戻る前の、僕であったなら。

「ギュスターヴ殿下、おめでとうございます！」

「ヴァルロワ王国万歳！」

居並ぶ貴族達は、口々にこの婚約を祝福する言葉を並べた。

いくつかの領土を奪われた上で賠償金を支払うことにはなるが、それでも僕一人を人質とすることで皇国との休戦協定が結ばれるんだ。これ以上領土を奪われることなく、戦による余計な出費も抑えられるのだから、貴族達も喜ぶに決まっている。

それに。

「王国のために、その身をもって尽くせ」

「いやあ、これで王国も救われるよ」

「フン。役立たずの屑が、ようやく役に立つ時が来たか」

「……くだらん」

「ギュスターヴ、寂しくなるね」

第一から第五王子まで、兄弟だというのに言いたい放題だな。少しくらい、ここにいる貴族達のように気遣う姿勢くらい見せたらどうなんだ。

　一応、第五王子のジャンだけは慰めの言葉をかけてくれているが、その実、兄弟の中で僕を最も蔑んでいることを知っている。

　ジャンは世間からは『妖精王子』などと呼ばれるほど優れた容姿をしているものの、取り柄はそれしかなく、政治や軍事面で活躍している四人の兄に実力では足元にも及ばないから、自分よりも立場の劣る僕を慰めることでマウントを取って、溜飲を下げているんだよな。

　僕から言わせれば、オマエが一番屑だ。

　……なんて悪態をつきたいところだけど、この連中にとって僕の存在価値など綿毛よりも軽い。

「アビゲイル殿下との婚約式は今より三か月後！　ギュスターヴはそれまで、ヴァルロワ王国の王子としての振る舞いを心掛けよ！」

「……はっ」

　僕は王に傅き、顔を伏せたまま小さな声で返事をした。

「さあ皆の者！　長き戦の果てに訪れた平和に、酔いしれるがよい！」

　国王がようやく挨拶を終え、貴族達は酒を飲み、ダンスに興じる。

　僕はといえば、一応は今日の主役なので、席に着いて貴族達から偽りの労いの言葉を受け続けた。

　すると。

「ギュスターヴ殿下、本日はおめでとうございます」

特別な神官服を身に纏った聖女セシルが、胸に手を当て優雅にカーテシーをする。

ああ、貴様にとってはさぞや嬉しいことだろう。

計画どおり、自らの手駒である僕を皇国に人質として潜り込ませることができるのだから。

「……聖女様からそのようなお言葉をいただき、恐悦至極に存じます」

嘘だ。この女からの祝福の言葉ほど、僕にとって苦痛なものはない。いずれ僕を処刑しようと企んでいるこの女の祝福を、どうして受け入れることができるというのか。

「ギュスターヴ殿下のような素晴らしい御方が、ストラスクライド皇国のような野蛮な国に送られ、しかも、『ギロチン皇女』と恐れられるアビゲイル殿下の夫となられてしまうなんて……大変心苦しいですが、それでも、このヴァルロワ王国のためにもどうか……どうか……っ」

僕の手を取り、瞳に涙を湛えるセシル。

死に戻る前と死に戻った後の三年、僕はこの女の演技を何度も見せられて、辟易としている。

一年前に初めて顔を合わせてからというもの、セシルは暇を見つけては現れ、僕を籠絡しようと様々な手を使ってきた。

色目を使うなど聖職者にあるまじきやり口だけでなく、あえて他の王子達の前で僕を立ててみたり、僕の専属侍女であるマリエットを引き込もうとするなど、枚挙にいとまがない。

マリエットには聖女の本性について早々(そうそう)に話してある上にそもそも僕に恩(おん)があるから、彼女がなびくこともないんだけどな。

ともあれ、僕もマリエットも乗せられたふりをしつつ、その実セシルの内情などを探り続けてはいた。

残念ながら成果は得られなかったが。まあ、それは仕方ない。ひとまずは皇国でできる限りのことをして、聖女を陥(おとしい)れるための準備をするだけだ。

僕は決意を固めつつ、心にもないことを口にする。

「ご安心ください。この僕がきっと、ヴァルロワ王国とストラスクライド皇国の架(か)け橋となってみせます。だから聖女様も、どうか僕にお力添(ちからぞ)えください」

「ああ……ギュスターヴ殿下……！」

細い手を強く握り返すと、セシルはとうとう涙を零し、声を震(ふる)わせた。

周囲にいる貴族達の目には、この女狐(めぎつね)がさぞや可憐(かれん)で美しく映っているに違いない。

「聖女様……名残(なごり)惜しいですが、他にお待ちの方々がいらっしゃいますので……」

「ぐす……そ、そうですね」

人差し指で涙をすくってからセシルは恭しく一礼すると、何度もこちらを振り返ってこの場を後にした。

そんな聖女の背中を見つめ、僕は口の端を吊り上げる。

ああ、これから本当に楽しみだよ。

――その綺麗な顔が、絶望に染まる瞬間が。

第二章

「これで、全部かな……」

ヴァルロワ王国とストラスクライド皇国の間で休戦協定が結ばれてから三か月が経った今日、僕は十八年間過ごしてきた王宮を出る。

アビゲイルと婚約し、皇国で一生を過ごすために。

「こういう時、荷物(にもつ)が少ないと助かるね」

「ええ、お互いに」

荷作りをしてくれているマリエットに少しおどけた口調(くちょう)で話しかけると、彼女もまた砕けた様子で答えてくれた。

彼女と主従関係になってから、既に三年弱。死に戻る前の人生とは違い、僕達は良好な関係を築いている。

「……殿下が予めお話しくださったとおり、聖女様は私に接触してまいりました。『皇国における殿下の動向を把握し、逐一報告するように』と。指示されたとおり、頷いておきました」

「そうか。助かる」

「それに、聖女様は……あの女は、私に言ったんです。『自分に忠誠を誓えば、弟を『奇跡』で治してあげる』と。きっと殿下とあの女の会話を私が聞いていたとは、思ってもいないのでしょう」

「…………………」

「そんなこと、できもしないくせに……っ」

そう言うと、マリエットは眉根を寄せて唇を噛む。彼女にとって弟が自らの命を差し出しても守りたい大切な存在であることを、一年前に手を結んだ時に教えてもらった。

だからこそ、セシルの甘い言葉は許せなかったに違いない。

「それに引き換え、ギュスターヴ殿下は約束を守ってくださいました。おかげで弟は……カミーユは、これからも生き続けることができます」

胸の前できゅ、と拳を握りしめ、感極まった表情を浮かべるマリエット。

既にマリエットに指示をして、アビゲイルとの婚姻のために王国が用意した支度金のほとんどを彼女の実家に送り届けてある。

死に戻る前の人生でも、こちらが持参した支度金に皇国は一切手をつけなかったんだ。最初からなかったとしても、向こうが何か言ってくることはないはず。

「分かっていると思うが、ただで助けたわけじゃない。皇国に行ってからも、しっかり働いてくれ」

「……ふふ、もちろんです。このマリエットの全ては、ギュスターヴ殿下のために」

マリエットは微笑むと、跪いて忠誠を誓う。

きっと彼女は、皇国でも僕の手足として大いに役立ってくれるだろう。

さあ……次にすべきことは、アビゲイルに取り入って彼女に皇国内における全権を手中に収めてもらうこと。そうして初めて、僕は王国と戦う力を手に入れることができる。

「アビゲイル……か」

死に戻る前の人生では、アビゲイルに会いたくなかった。会うだけで苦痛だった。

だが今は、彼女を知りたいと感じる自分がいる。

僕の復讐のために。過去の……死に戻る前の過ちを繰り返さないために。

――アビゲイルのあの日の言葉の続きを知るために。

◇

「ギュスターヴ殿下……」

港湾都市ハーブルの港。今まさに船に乗り込もうとしている僕の手を取り、引き留めるのは、聖女セシルだった。

この女はアクアマリンの瞳に涙を湛え、僕との別れを惜しんでいる……ように周囲からは見えるだろう。

駒に過ぎない僕を操るために、ここまで迫真の演技ができるだなんて。聖女よりも役者のほうが向いているんじゃないか？

「僕も、聖女様とお別れするのは寂しいです。できればあなたを連れて、どこかへ逃げてしまいたい」

「いけません……ギュスターヴ殿下には、王国を救うという使命があります。私も悲しくて胸が張り裂けそうですが、いつまでもあなた様を想い続け、祈りを捧げます……」

歯の浮くような台詞を受け、セシルは泣きそうな表情でかぶりを振ると、名残惜しそうに僕の手を放した。

『皇都襲撃計画』の首謀者の一人である貴様が、大事な駒である僕を引き留めるはずがないよな。僕がそんなことを言ったものだから、内心焦っているのは分かっているんだよ。

「ギュスターヴ、そろそろ時間だ」

少し苛立った様子でそう告げるのは、僕と一緒に皇国へと渡るルイ。

ちなみにこの男は外交官として休戦協定にかかる諸条件の細部について向こうの者と話を詰めるために同行するのだが、仕事を終えればまた王国に帰る。

二度と戻ることのない、僕と違って。

「では聖女様、お元気で」

「ギュスターヴ殿下も、どうかお元気で」

僕は舷梯を歩きながら何度も振り返り、両手を合わせて祈るセシルを見やる。

次に貴様に会う時は、処刑台の上だ。

ただし、断頭台で首を落とされるのは、貴様だがな。

一応は人質に出される王子を見送るという場。集められた大勢の貴族や役人、騎士達に形だけ手を振る中、船はゆっくりと港から離れていく。

目指すはブリント島。ストラスクライド皇国の首都ロンディニアだ。

「マリエット、すまないな……」

「何をおっしゃいますか。殿下に忠誠を誓った時から、私は生涯をあなた様に捧げたのです」

「はは、そうだったな」

心にもなく謝罪の言葉を告げると、傍に控えるマリエットはなんでもないとばかりに、言ってのけた。

「それより……」

「ああ」

マリエットに耳打ちされ、僕は頷く。

この船に乗っているのは船員を含め、いずれもルイの息のかかった者ばかり。この中では、僕達も下手な動きを見せることはできない。

「……まあ、ハーブルから皇国の首都ロンディニアまでは、一日二日あれば到着する。それまで僕達は、大人しく船旅を楽しむとしよう」

「そうですね」

そういうことで、移動に関しては外交団の長であるルイに全てを任せ、僕とマリエットは英気を養うことにした。

そして。

「ギュスターヴ殿下、到着しました」

「ああ」

呼びに来た船員に連れられ、僕達は甲板に出る。すると、夕日に照らされたロンディニアの街並みと、赤く染まるテミズ川を横断する巨大な橋が視界に飛び込んできた。

（この景色だけは、死に戻る前も、死に戻った後も変わらないな……）

素晴らしい眺めに目を奪われつつも感慨にふけるが、悠長なことをしてもいられない。

何せ、港には僕達を迎えるための皇国の者達が……彼女が待ち構えているのだから。

僕は深呼吸を繰り返して逸る気持ちを落ち着かせると。

「行こう」

「はい」

マリエットを引き連れ、ゆっくりと船から降りる。

そこには。

「皇国へようこそお越しくださいました」

赤いドレスに身を包んだ一人の女性が、胸に手を当てカーテシーをする。

輝くような金色の髪。この夕日よりも赤い瞳。透き通るような白い肌。

見間違うはずがない。彼女こそが僕の婚約者となる女性であり、復讐のために最も必要となる人物。

――アビゲイル＝オブ＝ストラスクライド。

「……っ」

処刑されたあの日を思い出し、胸の中から色々なものが込み上げてくる。

怒り、憎悪、興奮、歓喜、苦痛。挙げ出したらきりがない。

それでも……僕は……

「わざわざお出迎えいただき、ありがとうございます」

アビゲイルの前に立つと、僕も同じように胸に手を当て、深々とお辞儀をする。

「僕の名はギュスターヴ＝デュ＝ヴァルロワ。アビゲイル殿下……相変わらずお美しい」

「っ⁉」

僕が笑みを浮かべて名乗ると、アビゲイルは目を見開き、息を呑んだ。

おかしい……僕の挨拶に、不備でもあっただろうか。

彼女に気に入られるために言葉を選んだはずだが……ひょっとして、褒(ほ)めすぎただろうか？

「その……アビゲイル殿下？」

「……大変失礼いたしました。初めまして、アビゲイル＝オブ＝ストラスクライドと申します」

遅まきながら僕は、自分の失態に気づく。

そうだ。死に戻ってからは当然ながらアビゲイルとは初対面だというのに、最初から彼女を認識している体で挨拶をしてしまった。

僕は気づかれないように小さく息を吐いてから、先程の失敗を誤魔化すために少し大仰に話す。

「すみません、馴れ馴れしい挨拶をしてしまいました。アビゲイル殿下の美しさは、王国でもかねがね伺っておりましたので、もう既にあなたを知っているような気になってしまいまして。改めて……初めまして、アビゲイル殿下」

「そうでしたか。ですが私のことについては、容姿よりも別のことのほうがよくご存じなのでは？」

「…………………」

鋭い視線を向けられ、僕は思わず口を噤んでしまう。

余計なことをしてしまったばっかりに、アビゲイルを不愉快にさせてしまった。

王国で広まっている彼女の噂なんて、『ギロチン皇女』のことしかないというのに。

表情には一切動揺を出さないようにしつつ、挽回するために言葉を探していると。

「……皇王陛下も首を長くしてお待ちです。それでは、皇宮までご案内いたしましょう」

「ええ、よろしくお願いします」

踵を返し、一人足早に歩くアビゲイル。

……これ以上会話を続けて、墓穴を掘る必要もないだろう。

僕は大人しくアビゲイルの後ろを歩き、馬車へと乗り込んだ。


「へえ……」

ゆっくりと走り出す馬車に揺られながら車窓から外を眺め、軽く声を漏らす。

進む道も、景色も、行き交う人々の喧騒も、死に戻る前と全く同じであることに懐かしさすら覚えて。

「ギュスターヴ殿下は、皇都に興味がおありですか？」

「……ええ、まあ」

突然正面に座るアビゲイルから声をかけられたことを意外に思いつつも、僕は曖昧に返事をした。

とはいえ、死に戻る前の記憶に行動が引っ張られすぎてしまわぬよう、気を付けるようにしないと。これ以上不審に思われても困るし。

「でしたら、明日は皇都をご案内いたします。これから殿下は、この皇都で死ぬまで暮らし続けるのですから」

アビゲイルの含みのある物言いは気になるが、せっかく彼女からそのようなことを申し出てくれたのだから、素直に甘えるとしよう。

どうせ明日は、嫌でも現実を見ることになるのだから。

「到着いたしました」

僕達を乗せた馬車は、皇宮の門を潜り、玄関に横付けされた。

馬車の扉が開き、僕が先に降りると。

「アビゲイル殿下、どうぞ」

「……ありがとうございます」

一瞬戸惑う様子を見せたアビゲイルだったが、すぐに差し出した手を取り、馬車からゆっくりと降りる。

死に戻る前の人生では『ギロチン皇女』の噂を聞いて彼女を敬遠していたので、こんなふうにエスコートをするなんてことはなかった。

でもそれは前回の話であって、アビゲイルの婚約者となる男が取る行動としては、間違いではないはず。

だというのに、どうして彼女はそのような反応を見せるのだろうか。

これではまるで、僕がアビゲイルを避けるものだと、最初から思っているようじゃないか。

僕の復讐のためには、彼女の力が絶対不可欠。なら、このような関係ではまずい。

「あの……」

「こちらが謁見の間になります」

生憎と目的の場所に着いてしまった。

……仕方ない。機会を改めるとしよう。

謁見の間の扉が開け放たれ、僕とアビゲイルを先頭に、ルイをはじめとした使節団の面々が入場すると。

「うむ、よくぞ参った！」

部屋の中に響き渡る大きな声で出迎えたのは、玉座に座る屈強な男。

黄金の髪、水色に輝く双眸、精悍な顔つき。威厳ある佇まいの中にも愛嬌のようなものが窺えるも、放たれる威圧感はすさまじい。

そう……この男こそが、歴史上最もストラスクライド皇国の版図を広げた王であり、稀代の英雄。

――『金獅子王』エドワード＝オブ＝ストラスクライド。

「皇王陛下、お会いできて光栄にございます。ヴァルロワ王国第六王子、ギュスターヴ＝デュ＝ヴァルロワと申します」

跪き、胸に手を当てて僕は名乗る。

　隣にいるアビゲイルも、後ろに控えるルイも、使節団の面々も、皆跪いて首を垂れた。

「ふむ……聞いたところによれば、ギュスターヴは王宮に引きこもりがちだそうだが、思っていたような印象とは違うな」

「はっ。アビゲイル殿下に醜い姿をお見せするわけにはいかないと思い、婚約が決まってからの三か月、身体を鍛えておりました」

「そうかそうか。……まあ、そういうことにしておこう」

　そう言ってにこやかな表情で頷くエドワード王。だが、鋭い眼光は僕を捉えて離さない。

『金獅子王』の異名を持つ彼は、戦争でも王国の地を縦横無尽に駆け巡り、数々の勝利を重ねてきた。エドワード王であれば僕の身体を一目見れば、実力くらいすぐに見抜けるか。

　だけど……そんな英雄も、病には勝てずに今から二年後に死んでしまうんだったな。

　その後の皇国は分裂し、内政が乱れる。そんな時に僕の手引きによって現れた王国軍によって皇都を襲撃され、あの結末を迎えるんだ。

　そういう意味では、エドワード王が健在であるかどうかも、『皇都襲撃計画』の成否に大きく関わる。

「今日は我が娘アビゲイルが、ヴァルロワ王国から婿を迎えた素晴らしき日。皆の者、盛大に祝おうではないか！」

「アビゲイル殿下、おめでとうございます！」

「ストラスクライド皇国も、これで安泰にございます！」

居並ぶ皇国の貴族達が、口々にお祝いの言葉を告げる……が、その中には、僕や王国を祝ったり讃えたりするようなものは一つもなかった。

百年以上も戦争を続けてきた敵国なのだから、当然の反応ではあるが。

「エドワード陛下、そろそろ……」

「む、そうであったな。ではギュスターヴよ、この後の祝賀会で再び会おうぞ」

そう言うと、エドワード王は声をかけてきた色白で物腰の柔らかい黒髪の男とともに、謁見の間から出ていった。

「まあ、今後も会うことになる」

エドワード王達が出ていった扉の先を見つめ、僕はアビゲイルに聞こえない声で、そう独り言ちた。

◇

「皆の者、今宵は大いに楽しむがよい！」

エドワード王による乾杯の音頭により、僕とアビゲイルの婚約の祝賀会が始まる。

皇国の全ての貴族が出席し、酒を酌み交わしながら思い思い楽しんでいるようだ。

といっても、喜んでいるのは僕達の婚約をではなく、休戦とはいえ百年も続いた戦争が停まったことについて、だが。

「アビゲイル殿下、この度はおめでとうございます」

「ありがとうございます」

挨拶に来た貴族に対し、アビゲイルは眉一つ動かさずにお礼の言葉を述べる。

なお、貴族達はアビゲイルに対して挨拶をしているのであり、僕への挨拶は一言もない。

死に戻る前の人生でも全く同じ扱いだったこともあり、僕は少しも気にしてはいないが。

それでも。

（やはり今回も、あの人は出席していないか……）

つまりそれは、僕とアビゲイルの結婚を、死に戻った後の世界においても認めていないということ。そのことは分かってはいたが、ほんの少し寂しくもある。

「……まあ、今日に至るまで彼に対しては何もしていないのだから、当然といえば当然か」

死に戻った後、この三年間で僕がしてきたことといえば、王宮の裏庭で人知れず鍛錬に励んでいたことと、前回は敵側だったマリエットを味方に引き入れたことだけ。

今の僕に対する世間の評価は、王国から人質に差し出された不用の第六王子から変わりないのだ。

自虐的に笑い、死に戻ってからは一度も飲んだことがないワインに口をつけると。

「まあ！　この御方が私のお兄様になるのですね！」

両手を合わせ、満面の笑みを浮かべて一人の少女が現れた。

彼女の髪はアビゲイル皇女と同じく金色だが、瞳の色は透き通るようなエメラルド。


愛らしく表情豊かな彼女の名は――ブリジット＝オブ＝ストラスクライド。


ストラスクライド皇国の第二皇女であり、アビゲイルと同い年の腹違いの妹だ。

死に戻る前の人生では、今日の祝賀会を除けば主に皇室の行事でしかちゃんと関わる機会はなかったが、それでもいつも僕に優しく接してくれた女性。

非常に美しい姫君だというところはアビゲイルと共通しているが、性格も、雰囲気も、まるで違う。

皇国内での評価も『ギロチン皇女』と呼ばれるアビゲイルとは天と地の差で、敬愛を込めて『妖精姫』と呼ばれている。

「お初にお目にかかります。僕はヴァルロワ王国第六王子のギュスターヴと申します。失礼ですが、お名前をお伺いしても？」

「あ……私としたことが、申し遅れましたわ。ストラスクライド皇国第二皇女のブリジットと申します」

そう名乗ると、ブリジットは優雅にカーテシーをした。

アビゲイルの時のような失態を犯すわけにはいかない。

「それにしても……ギュスターヴ殿下は素敵な御方なのですね。思わず見惚れてしまいます……」

「いえ、そんなことは……」

「そんなことありますわ。皇国にも多くの殿方はおりますが、ギュスターヴ殿下ほどではありません。本当に、お姉様は幸せですね」

「…………………」

歯の浮くような台詞と羨望の眼差しを送られてしまうと居たたまれなくなるが、それ以上に不快な気持ちになっているのはアビゲイルだろう。

何せアビゲイルとブリジットは、エドワード王が崩御する二年後に、次の女王の座を巡って骨肉の争いをすることになる宿敵同士なのだから。

「ウフフ、あまり仲睦まじいお二人の邪魔をするわけにもまいりませんので、私はそろそろ失礼いたしますわね」

口元に手を当て意味深に微笑むと、ブリジットはどこかへ行ってしまった。

「……妹が騒がしくしてしまい、申し訳ありません」

「いえ。それより、アビゲイル殿下はブリジット殿下と仲がよろしいのですか？」

二人の関係を知っていながら、僕はあえて問いかける。

そうすることで自分へ向けられる疑念から少しでも意識を逸らしつつ、二人の関係についてまだ僕が知らない情報を得られないかと考えて。

何せ死に戻る前の僕は、あまりにも二人に……いや、アビゲイルに無関心だったのだから。

「ギュスターヴ殿下こそ、ご兄弟とは仲がよろしいのですか？」

……まさかそう切り返されるとは、思ってもみなかった。

だけど、その問いへの答えは一つしか持ち合わせていない。

「僕にとって五人の兄は、何度殺しても殺し足りない存在ですよ」

「っ⁉」

そんな答えが返ってくるとは思ってもみなかったのか、アビゲイルは目を大きく見開いた。

ああそうだ。僕にとって兄は、父は、王国は、憎むべき存在。

この気持ちに嘘を吐くことはできない。

「その……失礼なことをお伺いしてしまい、申し訳ありませんでした……」

「いえ。そもそも僕があのような質問をしてしまったわけですから、お気になさらず」

僕は笑顔の仮面を貼りつけ、にこやかに返す。

先程の言葉は嘘偽りない本心ではあるが、あえてアビゲイルに聞かせたというのもある。

僕が王国に対してよく思っていないことを知れば、彼女の信用を少しでも得られるかもしれない、そんな打算が働いて。

結局、僕とアビゲイルはこれ以降一度も会話を交わすことはなかったが、祝賀会はつつがなく終了した。

◇

「ギュスターヴ殿下、おはようございます」

次の日の朝。

部屋を訪れたのは、紺色の髪を後ろで結った、髪と同じ紺色の瞳を持つ美しい女性。

彼女の名はクレア＝コルベット。アビゲイルの専属侍女である。

「ああ、おはよう。それで、こんな朝早くに訪ねてきたのはどういう理由だ？」

僕は少し不機嫌な態度でクレアに告げる。

そもそも僕は、この女のことをよく思っていない。

死に戻る前の人生では、主君であるアビゲイルに取り付いた寄生虫のように思っていたのだろう、侍女であるにもかかわらず、クレアは僕に対し常に無礼な態度を取り続けた。

何度かあった僕の暗殺未遂事件には、きっとこの女も関与しているに違いない。

それは何も私怨からそう推測しているわけではない。実際、当時の僕の行動が筒抜けになっていなければあり得ないような日時と場所で、襲撃を受けたこともしばしばだったのだから。

「……アビゲイル殿下は、本日別件が入っているため、ギュスターヴ殿下とご一緒することができなくなりました。ですので、代わりにこのクレアめに、殿下を皇都にご案内するようにと申し付けられました」

クレアも僕に負けじと露骨に嫌な態度を見せ、そう告げた。

そういえば、今日はあの日だったたな。

「分かった。すぐに支度を済ませるから、部屋の外で待っていてくれ。マリエット」

「はい」

「悪いが俺は出かけてくる。その間、荷ほどきを頼めるかな」

「もちろんです。その……私もご一緒したほうがよろしいのでは……」

死に戻る前の人生では、皇都の散策にマリエットは同行していない。いや、同行を申し出てすらいない。

それは僕ではなくセシルの指示に従っていたからなんだけど……彼女がこう言ってくれたのは、今は僕に忠誠を誓ってくれていることの証(あかし)なのだろう。

だからこそ、唯一の味方であるマリエットを、あんな場所に連れていくわけにはいかない。

「いや、それには及ばない。というか、今日の散策で皇都について学んだ僕が、いずれマリエットを案内するよ」

「あ……その、ありがとうございます……」

ん？　マリエットの顔が、急に赤くなったような……

「……ギュスターヴ殿下、そろそろよろしいでしょうか」

「分かっている！　じゃあマリエット、行ってくるよ」

「はい。どうぞお気をつけて行ってらっしゃいませ」

深々とお辞儀をするマリエットに見送られ、僕はクレアとともに皇都へと出かけた……のだが。

(正直に言えば、どこもかしこも知っているんだよなあ……)

ぼんやりと車窓から見える街の景色を眺めながら、僕はつい欠伸(あくび)をしてしまう。

そもそも、クレアと二人で皇都散策というのがそもそも苦痛だし、この後のことを考えると憂鬱(ゆううつ)にもなる。

「ギュスターヴ殿下。これより先に皇都ロンディニアでも有名な、ティバーン広場があります」

「へえ……」

馬車が進む中、得意げに話すクレアを見ながら、僕は心の中で唾を吐き捨てる。

ああ、知っているよ。その広場が、血塗られた場所であることも。

そうして向かったティバーン広場。そこには。

「「「うおおおおおおおおおおおおおおおッッッ！」」」

処刑台と断頭台、枷をはめられた数人の男女、周囲を取り囲む民衆達がいた。

「ちょうど今日は、罪人の処刑が行われる日だったようですね」

何食わぬ顔で、クレアが告げる。

最初から僕にこの光景を見せるつもりだったくせに、わざとらしいにも程がある。

「民衆はこれから行われる処刑に興奮しているようですが、ご安心ください。この馬車の中におられるかぎり、殿下の身の安全はお約束いたします」

「…………………」

「ああ……ひょっとして、処刑の現場に立ち会うのは初めてですか？　ですが、アビゲイル殿下の伴侶となられるのであれば、これくらいのことには耐えていただかないと」

僕が黙っているのをいいことに、クレアが得意げな表情で煽ってくる。

そうだったな。貴様はこの現場を見せつけることで僕を怯えさせ、あわよくば婚約を破棄させて王国へ逃げ帰るように仕向けようと考えたんだよな。

これがクレア自身の考えによるものか、それとも背後にいる何者の指示を受けてのものなのか。あるいは、皇国全体がギュスターヴ＝デュ＝ヴァルロワという異物を排除しようと考えているのか、それは分からない。

いずれにせよ僕が王国に逃げ戻れば、アビゲイルとの婚約は破棄。

責は王国にあるため、休戦協定が白紙になってしまうどころか、下手をすれば多額の賠償金まで求められる可能性もある。

そしてきっと、そのような事態を招いた罪で、僕は王国に消されてしまうだろう。

前回はこの処刑を最後まで観させ続けられ、それをきっかけになおさらアビゲイルから遠ざかったんだ。

いつか自分も同じようにアビゲイルの手によって処刑されるのではないかと、そんなことを考えて。

だが。

「……行ってくる」

「っ⁉」

馬車を降りた僕を見て、クレアが息を呑んだ。

これから処刑が行われることから民衆達は大いに昂(たかぶ)っており、下手をすれば巻き込まれて怪我をする恐れもある。

それでもお構いなしに、僕は民衆の輪(わ)の中へと入っていく。

「ギュ、ギュスターヴ殿下！　このような軽率(けいそつ)な真似はおやめください！」

クレアが何かを叫んでいるが、知ったことか。

僕は振り返ることなく、民衆をかき分けて一番前へとやってくると。

「これより神聖なるストラスクライド皇国を裏切り、憎きヴァルロワ王国と内通していた罪人の処刑を執(と)り行う！」

処刑台の上に立つ男……処刑執行人が、民衆へ向け高らかに宣言した。

この様子だと、ここにヴァルロワ王国の王子がいると知れれば、僕はこの場で民衆に嬲(なぶ)り殺しにされるだろう。

とはいえ、王国と休戦協定を結んだことは周知の事実。なのに、わざわざ僕が到着した次の日に処刑をするとは。

「なかなかやってくれる」

僕は口の端を持ち上げ呟くが、このことは死に戻る前の人生においても同じ。今さらである。

「ま、待ってください！　私が王国と通じていたなど、何かの間違いです！　どうかもう一度お調べになってください！」

「そ、そうです！　主人は決して皇国を裏切ってなどおりません！　どうか……どうか……っ！」

処刑台の上で平伏し、額を擦りつけて必死に訴える男女。

その傍らには、俯き肩を震わせる初老の男がいた。

「……惨い、な」

国家反逆罪ともなれば、一族郎党が処刑される。

さて……どのような裁定を下すのだろうか。

僕は処刑台の前に設置されている貴賓席へと視線を向ける。

処刑をするか否かを決定する、唯一の存在へと。

今さら言うまでもない。その人物とは、僕の婚約者である『ギロチン皇女』アビゲイルだ。

(……ああ、分かっていたさ)

そう……人生をやり直している僕は知っている。

皇国における罪人の処刑は、全て彼女の手に委ねられていることを。

彼女がこの国の第一皇女として十歳の頃から処刑を執り行い、これまで数えきれないほど多くの者の首を落としてきたことを。

泣き叫び、苦しみ、怨嗟の眼差しを向けられようとも、呪詛を吐かれようとも、眉一つ動かすことなくその右手を振り下ろしてきたことを。

それこそが、『ギロチン皇女』たる所以。

「嫌！　嫌ああああああああッッッ！」

「お願いします！　助けてください！　お願いします！　お願いします！　お願いします、お願いします、お願いします、お願いします、お願いします、お願いします……」

泣き叫ぶ女と、両手を合わせ懇願し続ける男。

しかし男は断頭台に固定されると、困惑の表情を浮かべ静かになる。

これから自分が何をされるのかを理解した男は、恐怖を通り越して涙を零し茫然とするのみ。

ただ、一言だけ。

「なんでこんな――」


――ダンッッッ！


「いやあああああああああああああああッッッ！」

最後の言葉を言い終える前に無情にも断頭台の刃は落とされ、処刑台の上に転がる男の首を見て女が絶叫（ぜっきょう）する。

それを。

「…………………………」

右手を上げたままのアビゲイルが、表情を変えることなく真紅の瞳で見下ろしていた。

あの日の処刑で最期の言葉を言い切れず死んだ彼女が、同じように男に最期の言葉を許さないとは、皮肉もいいところだ。そうしてアビゲイルは処刑執行人に対し合図を送ると、女の首も鈍く光る断頭台の刃によって落とされた。

最後に残された初老の男は顔面蒼白（がんめんそうはく）になり、断頭台の枷に固定されると。

「あああ……ああああ……っ」

男の目の前には、先に処刑された三人の首。

まるで冥府（めいふ）に誘（いざな）うかのような三人の眼差しに、初老の男は気絶する……のだが。

「起きろ！」

「あ……ひ、ひいっ⁉」

執行人に頭から冷水を浴びて強引に起こされ、それすら許されない。

そこには最後まで死の恐怖を味わわせて殺すのだという、そんな意図が明確に感じられた。

そして、初老の男も断頭台によって首を落とし、全ての処刑を終えると。

「…………………………」

アビゲイルは何も言うことなく、貴賓席を後にした。

興奮冷めやらぬ民衆達は、大声で楽しそうに話しながら広場から去っていく。

「……ギュスターヴ殿下、その、そろそろ次へまいりませんと……っ⁉」

「黙れ」

いつの間にか隣に来て、困り果てた表情で声をかけてきたクレアに発した声は、自分でも驚いてしまうほど低かった。

僕は彼女を無視し、馬車へと向かった。

◇

「ギュスターヴ殿下、お帰りなさいませ……って、ど、どうなされたのですか⁉」

皇宮の自室へと戻るなり、マリエットが慌てて駆け寄ってきた。

どうやら僕は、余程酷い顔をしているようだ。

「何でもないよ。それより、僕の留守(るす)中に変わったことはなかった？」

「え、ええ……それはございませんでしたが……」

僕を慮ってか、マリエットは心配そうに見つめてくるものの、それ以上尋ねるようなことはしなかった。

正直なところ、こうやって気遣ってくれるのは本当にありがたい。それだけでも、僕は彼女の弟を救ってよかったとつくづく思う。

マリエットに淹れてもらったお茶を勢いよく飲み干し、ひと心地ついていると。

「その……失礼いたします」

部屋に現れたのは、なんとアビゲイルだった。

彼女は先程まであの広場で処刑を行っていたというのに、どうして……って、よく見ると、肩で息をしている。かなり慌てて皇宮に戻ってきたようだ。

「どうかなさいましたか？　……あ、その前に一緒にお茶でもいかがですか」

「はい……」

僕はついさっきまでとは打って変わり、笑顔を見せてアビゲイルを席へと案内する。

彼女に弱みを見せるわけにはいかないからな。

アビゲイルは急いでこの部屋に来たために喉が渇いていたようで、差し出されたお茶をすぐに飲み干してしまった。

処刑しても眉一つ動かすことのなかった『ギロチン皇女』の人間らしい一面を見て、僕はほんの少しだけ頬を緩ませる。

「……何か？」

「いえ、何でもありません」

僕の反応が気に入らなかったのか、アビゲイルに睨まれてしまった。

いけない。彼女の好感度が下がるようなことは、極力避けないと。

「それで、僕にどのようなご用件で？」

「………………………」

僕が尋ねても、カップを手に無言で俯くアビゲイル。

なんとも言えない空気になり、とても気まずい。

しばらく沈黙（ちんもく）が続いたが、それを破ったのはアビゲイルだった。

「……今日、クレアと皇都を散策したと伺いました」

「はい。アビゲイル殿下はご予定があるからと、それで彼女が案内をしてくれたんです」

「……っ」

そう告げた瞬間、アビゲイルは眉根を寄せ、唇を噛んだ。

表情を崩さない彼女にしては、珍しいな……

「であれば、あれもご覧になられたのでしょう？」

「あれ……ですか？」

アビゲイルの問いかけに、僕はわざと惚けてみせた。彼女の言うあれとは、きっと広場で行われた処刑のことだろう。

「……クレアから話は伺っております。ギュスターヴ殿下が一人馬車を降りて民衆の中へ入ってゆき、罪人の処刑を見学されたことを」

そこで言葉を切り、アビゲイルはこちらを真っ直ぐ見つめてくる。

「一体あなた様は、何を考えておられるのですか」

僕に向いた真紅の瞳の中には、怒りが宿っているように見えた。

それは『ギロチン皇女』としての自分を見られたくなかったからなのか、それとも、勝手な行動をしたことに対してなのか、あるいはそれ以外の理由があるのか。

だけど、あえて答えるとすれば。

「婚約者のことを知るのは、そんなに悪いことでしょうか？」

「っ！　そういうことを言っているのではありません！」

声を荒らげるアビゲイルに、僕は内心驚いた。

死に戻る前の人生においても、彼女が感情を露わにしたのは処刑されたあの日だけ。

だけど今、彼女は僕に対して確かに怒っている。

「……あの場にいらっしゃったのであれば、お分かりでしょう。あの者達は、王国と内通していたことを罪に問われ、処刑されたのです。なら、王子であるあなた様があの場にいることが知れたら、ただでは済まないことくらい、考えるまでもありません」

ああ、なるほど。アビゲイルは、それで怒っていたのか。

確かに彼女から……いや、皇国からすれば、休戦協定の条件の一つとして差し出された僕が、この国に着いて早々死んでしまったら、さすがに面目(めんぼく)が立たないか。

「申し訳ありません。少し軽率でした」

正直、自分のしたことを何一つ悪いとは思っていないが、それでも、彼女の気分を害してしまったことには違いない。僕は深々と頭を下げた。

「……次からは、どうかお気をつけください」

そう言うと、アビゲイルは手に持っていたカップを置いて立ち上がる。

「もう少し、一緒にお茶を楽しみませんか？　僕達はまだお会いしたばかり。お互いのことを知るべきだと思うのですが」

「…………………」

アビゲイルは踵を返し、無言のまま足早に部屋を出てゆこうとして。

「……ギュスターヴ殿下もお分かりになったでしょう。この私の……『ギロチン皇女』の、本当の姿を」

扉に手をかけたまま立ち止まり、こちらを振り返りもせずに告げた。

本当の姿、か……。彼女の言うとおり、罪人の家族を処刑する姿を見た時に、血の通っていない冷酷な女性だと感じたのは確かだ。

だけど。

「残念ながら、僕には分かりませんでした。広場で処刑を行ったあなたと、今のあなた。どちらが本当の姿なのかは」

そう……もし彼女が噂どおりの『ギロチン皇女』なのであれば、わざわざこの部屋に来て、あんなに声を荒らげて怒ったりするだろうか。

それに、こうしてそんなことを言ってくるのも、僕が彼女のことをどう思っているのかを、気にしている証拠だ。

わざと僕を遠ざけるような言葉と態度を見せておきながら。

だからこそ、僕はますます分からなくなる。

彼女の本当の姿が、一体どれなのか。

「……失礼します」

アビゲイルは僕の言葉を無視し、部屋から出ていった。

第三章

「九百九十八……九百九十九……一千！」

その日の夜、僕は日課である剣の素振りを行う。

これからの三年間、僕は多くの刺客（しかく）から命を狙われることになる。死に戻る前の人生では支度金を使って私兵を雇い、それを未然に防いだけど、そのお金はマリエットの弟を救うためにほぼ使い果たしている。

なら、これからは自分の命は自分で守らないと。

それに。

「三年後の皇都襲撃では、王国の連中を一人でも多く殺さないと」

もちろんそうならないように、アビゲイルに取り入り、万全を期すつもりではあるけれど、万が一ということもある。

何より、最低でもセシルとルイは、僕の手で殺さなければ気が済まない。

それを為（な）すためには、僕自身が強くならないといけないんだ。

「よし。次は型の訓練を……」

「まさかこんな時間に、皇宮の中庭で剣術の訓練を行っている者がいるとは」

「っ⁉」

不意に後ろから声がして、僕は慌てて振り返る。

い、いや……だけど、こんなのあり得ない。だってあの人と出会うのは、もう少し先のはず。

なのに。

「ふむ……お主、見たことのない顔だな」

二メートルに届こうかという長身を誇る筋骨隆々(きんこつりゅうりゅう)の体躯(たいく)、白く染まった髪と髭(ひげ)、そのいかつい顔は、彼が歴戦の勇士であることを雄弁に語っている。

見間違うはずが……いや、こんな男が、皇国に二人といるはずがない。

ストラスクライド皇国の将軍にして、最強の武人。

そして……死に戻る前の人生で、僕の剣術の師だった男。

――『皇国の盾(たて)』サイラス＝ガーランド。

だけど、どうしてこんなところに彼がいるんだ⁉

僕と最初に出会うのは、僕が皇国へと渡った日から十日後の昼。それも僕がアビゲイルを無視して会おうともせず、蔑ろにしたことに腹を立てて…………………………あ。

そうだった。以前とは違い、罪人の処刑後に僕は彼女と会話している。そのことをアビゲイルかクレアのどちらかから聞いていてもおかしくはない。

何せサイラス＝ガーランドは、皇国において数少ないアビゲイルの支持者なのだから。

なら、僕を見極めるために皇宮を訪れたのだとしても、不思議じゃない。

……まあ、今こうして一人で訓練に勤しんでいることも、よくよく考えれば死に戻る前には考えられない行動と言えるか。

僕は息を整え、逸る気持ちを落ち着かせると。

「お初にお目にかかります。僕の名はギュスターヴ＝デュ＝ヴァルロワ。この度アビゲイル殿下と結婚させていただくことになった者です」

胸に手を当て、笑みを湛えて挨拶をした。

「おお、これは失礼いたした。わしはサイラス＝ガーランドと申す」

「まさかこのようなところで、あの『皇国の盾』にお会いできるとは思いませんでした」

「ほう……ギュスターヴ殿下は、わしのことをご存じなのですな」

「もちろんです。ヴァルロワ王国においてもサイラス将軍の武名は響き渡っております。それこそ、その名を聞いただけで王国の者達は震え上がり、子供達は恐怖のあまり泣き止んでしまうほどに」

少し冗談交じりにそう告げると。

「はっは！　いやはや、さすがにそれはありますまい！」

サイラス将軍は豪快に笑った。

これまで戦ってきた敵国の王子であるにもかかわらず、この人は態度を変えない。

死に戻る前も、今も。

「いや、稽古中に手を止めさせてしまい申し訳ない。わしのことはお気になさらず、どうぞ続けてくだされ」

「それでは、お言葉に甘えて」

サイラス将軍が見守る中、僕は剣を振るう。緊張はするが、彼に見てもらえる、ちょうどよい機会だ。

死に戻る前の人生で教わった剣術と、死に戻ってから鍛え続けたこの肉体。その両方を。

教わった剣の型の基本を、忠実に、実直に繰り返し行う。

見た目が派手なだけの無駄な動きをする必要はない。大事なのは、一振りで敵を倒し、大切な人を守るための剣。それを僕は、彼からこれでもかというほど教わったんだ。

「……失礼。ギュスターヴ殿下は、その剣をどちらで身につけられた」

「王国で、独学で学びました。いずれ逢うことになる、大切な人を守るために」

「そうでしたか……」

サイラス将軍のことだ。僕の剣の型を見て、気になって仕方がないはず。

何せ自分の剣術を、異国の王子が使っているのだから。

「悪いが、わしはこれで失礼いたします。ギュスターヴ殿下も夜は冷えますので、稽古はほどほどに」

「ありがとうございます。それでは」

立ち去るサイラス将軍に深々とお辞儀すると、僕は剣の稽古を再開する。

ここでの遭遇は想定外だったが、サイラス将軍に疑念を植え付けることには成功した。これで彼は、機を見て僕に接触してくるだろう。

後は。

「サイラス将軍に認めてもらい、彼の協力を得てアビゲイルにさらに近づくだけ」

そう呟くと、僕は口の端を持ち上げた。

◇

「おかしい……」

サイラス将軍と出会ったあの日の夜から既に一週間が経った。

その間、彼が接触してくることはなく、それどころか同じ皇宮内で暮らしているはずのアビゲイルとも、顔すら合わせることがなかった。

死に戻る前の人生で彼女がどう過ごしていたかなど知る由もないので断定はできないが、公務などで忙しいのだろう、きっと。

そんなわけで、仕方なく僕は今日も一人で剣の稽古に励んでいる。つまり、やることがないのだ。

「僕の剣を見たサイラス将軍が、すぐにでも絡んでくると思ったんだけど……残念ながら読みが外れたなあ……」

そう呟き、僕は頭を掻く。

となると、彼に再会するためには、やはりアビゲイルを蔑ろにするかのような行動をとって、あえてサイラス将軍の不興を買うようなことをする必要がある……のか？

「いや、それは駄目だ」

そんなことをしたら、肝心のアビゲイルに取り入るという目的を達することができなくなる。そうなれば王国と聖女セシルへの復讐計画が頓挫してしまう。それでは本末転倒だ。

だが、かといって、サイラス将軍と再び接触しないことには話にならない。

アビゲイルに取り入るためにも、いずれやってくる王国との戦いにおいても、彼の力が絶対に必要なのだから。

悶々としたまま、雑念を振り払うように一心不乱に剣を振り続けていると。

「このようなところにおられたのですか」

現れたのは、アビゲイルの侍女であるクレア。

相変わらず感じの悪い視線を向けてくるが、知ったことじゃない。僕は彼女を無視し、再び剣を振るう……のだが。

「そのようなことをなされても、無駄ではないでしょうか」

「……何が言いたい」

剣を止め、僕はクレアに鋭い視線を向ける。

言葉の意味は分からないが、少なくともこちらを馬鹿にしていることだけは分かった。

「ギュスターヴ殿下が何を考え、どのような思惑があったとしても、皇国の……アビゲイル殿下の首は取れない」

ああ、なるほど。クレアは僕が王国の回し者で、いずれ皇国やアビゲイルに仇為す存在になると考えているんだな。

死に戻る前の僕に関して言えばその疑念は正解だが、残念ながら今は違う。

「まさか。守りこそすれ、どうして僕が妻となる女性の首を取る必要がある」

「さあ、どうでしょうか。いずれにせよ、この国であなたにできることなど何もないことを、早く自覚なさったほうがよろしいかと。……さもなくば、不慮の事故に遭ってしまうかもしれませんので」

そう言うと、クレアは嘲笑を浮かべた。

侍女の分際で……と言いたいところだが、この女は皇国に代々使えるコルベット伯爵家の令嬢。今の僕なんかよりも、この国において遥かに影響力がある。

何せ、クレアはあの男の……

「クレア、そこで何をしているの」

一週間ぶりに聞いた、芯のある女性の声。

間違いない。アビゲイルの声だ。

「ここにいたのね。……って」

「お久しぶりです、アビゲイル殿下」

クレアの傍に僕がいたことに気づき、アビゲイルはすぐに目を逸らしてしまった。

だけど僕は、そんな彼女にあえて微笑みながら声をかけた。

「……ごきげんよう」

返ってきたのは、か細くそっけない返事。しかし、ここでめげるわけにはいかない。

「あなたにお会いすることができず、寂しかったです。第一皇女としてお忙しいことは分かっておりますので、もしよろしければこの僕に、あなたのお仕事をお手伝いさせていただけますでしょうか。そうすれば、僕はあなたと一緒にいることができますから」

跪き、アビゲイルの手を取ってそう告げた。

「結構です。……しばらくお会いできなかったことは申し訳なく思っておりますが」

僕の手を振りほどき、アビゲイルは顔を背けてそう答えた。反応を見る限り、彼女もクレアと同様に僕を信用できないのだろう。

ただそれでも、こうやって謝罪の言葉を添えてくれたのは、少なからず僕を拒絶し切れない気持ちがあるからだと、そう都合よく解釈することにした。

「でしたら、どうか僕と一緒に過ごす時間をいただけないでしょうか。僕は、妻となるあなたのことを、もっと知りたい」

この言葉に嘘はない。

死に戻る前の人生の最後、あの処刑台で見せたアビゲイルの表情の意味と、最後に何を告げようとしていたのか、それを知りたいのは事実なのだから。

「……都合がつけば、考えておきます。クレア」

「はい」

そう言い残し、アビゲイルはクレアを連れてここから去っていった。

「ふう……上手くいかないな」

首元を緩め、僕は大きく息を吐く。

やはり、王国の第六王子である僕と皇国の第一皇女が関係を構築するのは、一筋縄（ひとすじなわ）ではいかない。

「今日はここまでにするか」

とにかく、引き続き僕はアビゲイルとの関係構築、そして、サイラス将軍と接触を図り協力を取りつけることを当面の目標として動くだけ。

剣を鞘（さや）に戻し、僕は中庭を後にした。

◇

「ギュスターヴ殿下、手紙が届いております」

「僕に？」

部屋に戻ると、マリエットが出迎えてくれた。彼女から受け取った手紙を読むと、送り主はブリジットだった。

から。


「第二皇女はなんと……？」

「ただのお茶会のお誘いだったよ」

もちろん、これがただのお茶会だとは思っていない。

死に戻る前の人生においては、ブリジットからこのような誘いを受けたことなど一度もなかったから。

何が原因で死に戻る前の人生にはなかった出来事が起きたのかは分からないが、いずれにせよ女の思惑を知る良い機会でもある。

「いかがなさいますか？」

「もちろん出席する。僕の妹になる女性だし、親睦を深めておくに越したことはない」

「かしこまりました。では、そのようにお返事いたします」

「ああ、頼むよ」

恭しく一礼し、マリエットは部屋を出る。

「さて……鬼が出るか蛇が出るか、見ものだな」

そう呟き、僕は訓練着から部屋着に着替えた。

◇

「ギュスターヴ殿下、本日はお越しくださりありがとうございます」

「こちらこそ、お招きいただきありがとうございます」

二日後の午後、僕は皇宮の離れにある庭園にやってきた。

もちろん、先日のブリジットからのお茶会の誘いを受けて。

「どうぞこちらですわ」

出迎えてくれたブリジットの手を取り、僕達は会場へと向かうと……席は二つしかなかった。

つまり、今日のお茶会の参加者は、僕と彼女の二人だけということになる。

「ブリジット殿下、これは……」

「ウフフ、お茶会には間違いないでしょう？　たとえ私とあなた様、二人きりだとしても」

そう言うと、ブリジットはまるで男を誘うような、妖艶な笑みを浮かべた。

……なるほど。罠（わな）、とまではいかないが、いずれにせよ、二人だけでなければいけない理由が何かしらあるということだな。

「そうですね。では、あなたとのお茶会を心ゆくまで楽しみたいと思います」

「ええ！　そうこなくては！」

ぱああ、と咲き誇るような笑みを浮かべるブリジット。

表情の変化に乏(とぼ)しい『ギロチン皇女』アビゲイルと、表情豊かで華(はな)のある『妖精姫』の彼女。国民がどちらを支持するのかと問われれば、間違いなく後者を選ぶだろう。

それでも。

(僕は、アビゲイルの力を借りて王国と聖女セシルに復讐すると決めたんだ)

どのような思惑があるのかはともかく、ブリジットが僕を取り込もうとしていることは分かる。

なら、彼女の協力を得るほうが容易(たやす)いかもしれない。

だが僕は、あえてアビゲイルの手を取る。

不利な立場に追い込まれているアビゲイルを女王へと導くことが、皇国内で絶大な信頼と力を得ることに繋がるのだから。

……いや、それだけじゃない。

あの日の言葉の続きを知るためにも、アビゲイル以外の選択肢はあり得ない。

「それでブリジット殿下は、僕にどのようなお話があるのですか？」

淹れてもらったお茶を一口だけ飲んだ後、僕は単刀直入(たんとうちょくにゅう)に尋ねた。

「ウフフ……ギュスターヴ殿下はせっかちなんですね。ですけど、そういう殿方は好ましいです」

「ご冗談を。僕にはアビゲイル殿下という、素敵な婚約者がおりますので」

「まあ。妹の私の前で惚気(のろけ)るなんて……本当に、罪な御方ですこと」

ブリジットはにこやかにそう言ったが、一瞬だけ視線が鋭くなるのを感じた。

アビゲイルの名を出したことで、不快になった……ということだろうか。

そうだとすれば、二年後のエドワード王の崩御後における女王の座を賭(か)けた争いは、起こるべくして起こったということか。

「ねえ、ギュスターヴ殿下……」

「っ⁉」

僕の手を取り、ブリジットがエメラルドの瞳を潤ませて僕を見つめた。

「本音を言うと、私は悔しいの。ギュスターヴ殿下のような素敵な御方を、『ギロチン皇女』と呼ばれるお姉様に取られて。本当なら、私こそがあなた様の隣にいるはずだったのに」

「それは……」

「だってそうでしょう？　両国の架け橋となるには、数えきれないほどの人々を処刑したお姉様の手は、あまりにも血で汚れてしまっています」

「…………………」

「私なら、きっとギュスターヴ殿下を癒やして差し上げることも、あなた様の故郷であるヴァルロワ王国を守ることもできる」

ああ、そうか。ブリジットは僕が王国に未練があると勘違いして、こうやって籠絡しに来たんだな。

女王の座をつかむために、あわよくば王国の力を利用できないかと考えて。

「……残念ですが、その期待には応えられません」

「どうしてですか？　私では力不足だと、そうおっしゃるのですか？」

「違います」

眉根を寄せて詰め寄るブリジットに、僕はかぶりを振って肩を落としてみせた。

「その……お調べになれば分かることですが、僕は王子とはいえ、王国においてあまりよい地位にはおりませんでした。要は王国内で、なんの力も持っていなかったのです」

所詮僕は、休戦協定を結ぶに当たって形式上差し出されただけの、無価値な人質に過ぎない。

だからどれだけ期待されても、僕を介して王国の協力を得ることはできないんだよ。……まあ、そうできる手段があったとしても、アビゲイルの敵となる貴様に与するような真似をするはずがないが。

「そういうことですので、ご期待に沿えず申し訳ありません」

「…………………」

深々と頭を下げる。そして頭を上げると、ブリジットは冷ややかな視線を向けてきていた。

なるほど。取るに足らない役立たずだと分かれば、彼女……いや、この女はここまで態度を変えるんだな。

「ブリジット殿下、お茶会にお誘いいただき、ありがとうございます。その……とても嬉しかったです」

「そうですか」

僕の言葉なんかどうでもいいとばかりに、ブリジットはふい、と顔を逸らして短く返事をした。

これ以上、言葉を交わすつもりはないらしい。

「それでは失礼いたします。もしよろしければ、また誘っていただけますでしょうか」

「……ええ、その機会があれば」

席を立ち、お辞儀をするも、ブリジットは目を合わせようともしない。

僕は踵を返し、会場を後にするが……いやはや、ブリジットに乗り換えるなんて馬鹿なことを考えないで正解だったよ……って。

「ア、アビゲイル殿下⁉」

「…………………………」

庭園の出口で待ち構えていたのは、アビゲイルだった。

だけど、どうしてここに……？

「その、奇遇ですね。まさかこのようなところでお会いするなんて」

「……ブリジットとのお茶会は、楽しかったですか？」

……どうしてそのことを。

「どうでしょうか。緊張して、お茶の味もよく分かりませんでした」

どういう意図で尋ねたのか、何故ブリジットと会っていたことを知っているのか、色々と分からないことばかりだが、あの女との関係を変に勘違いされても困る。

「そうですか。ですがきっと、私よりも妹と一緒のほうがギュスターヴ殿下にとっても楽しいことは間違いな……」

「それはあり得ません」

アビゲイルの言葉を遮り、僕ははっきりと否定する。

あの女の思惑を知るために今日のお茶会に参加したのは事実だが、二人でいたあの時間を楽しいと感じる気持ちはひとかけらもない。

それなら、アビゲイルが部屋を訪ねてきた日に、あのような形でほんの僅かな時間ではあったけど、一緒にお茶を飲んだ時のほうが遥かに安らいだんだ。

「……相変わらず、ですね」

「え……？」

「なんでもありません。……では、失礼します」

そう言うと、アビゲイルはこの場を離れてしまった。

周囲を見ると、クレアが離れた場所でこちらの様子を窺っているのが分かった。アビゲイルは彼女を連れて建物の中へと入っていく。

（なんだったんだろう……）

結局アビゲイルがどうしてお茶会のことを知っていたのか、そして、どうしてここで待ち構えていたのか。その理由はどれだけ考えても分からず、建物の中に消えていった彼女の背中を見つめながら、僕は首を傾げた。

◇

「御免(ごめん)！　ギュスターヴ＝デュ＝ヴァルロワ殿下はおるか！」

お茶会の次の日の早朝、着替えをしていると部屋の中に怒号が響き渡った。

この声……サイラス将軍か？

「ギュスターヴ殿下、私が……」

「いや、いい。僕に用があるみたいだし」

部屋の扉に向かおうとしたマリエットを制し、代わりに僕が扉を開ける。

そこにいたのは、やはりサイラス将軍だった。

「サイラス将軍。このような朝早くにどうなさったんですか？」

「ギュスターヴ殿下、何も言わず、わしに付き合え」

険しい表情で僕を見下ろし、サイラス将軍は告げる。

アビゲイルが処刑を執行した現場を見た日から、今日でちょうど十日。つまり、死に戻る前の人生と同じ日に、彼が訪ねてきたことになる。

目的もおそらく同じだろう。彼女を蔑ろにした、この僕を叩きのめすためだ。

「……分かりました。支度をするので、少しだけ待ってください」

そう告げると、僕はいつもの部屋着ではなく、訓練着に着替え直す。

「ギュ、ギュスターヴ殿下、よろしいのですか……？」

「ああ、構わない」

僕とサイラス将軍の様子を見て、マリエットが心配そうに尋ねてきた。

本音を言えば、正直気は進まない。

だってそうだろう。僕は皇国に来てから、一度だってアビゲイルを蔑ろにしたことはない。動機は彼女に取り入るためであるとはいえ、むしろ積極的に関係を構築しようとしていたくらいだ。

だというのに、アビゲイルに避けられ、昨日もブリジットとの関係について誤解されそうになった。後者については不用心だったと反省する余地はあるが、それでも、アビゲイルに対してやましいことは何一つしていない。

なのに……どうして死に戻る前の人生と、同じことが起きてしまったんだ。

やるせない思いを抱えつつ、僕はサイラス将軍に連れられ、皇宮内にある皇国騎士団の訓練場へとやってきた。

サイラス将軍は訓練をしている騎士達を押し退けて中央へ進むと、勢いよく振り返る。そして手にしていた木剣を差し出した。

「剣を取れい！」

彼に歩み寄った僕は無言で木剣を受け取り、尋ねる。

「……つまり、『皇国の盾』と手合わせをしろということですか」

「そういうことじゃ」

気づけば、騎士達が僕とサイラス将軍を取り囲み、様子を窺っていた。

ヴァルロワ王国の人質である僕が、いきなりサイラス将軍に勝負を挑まれているんだ。注目を浴びるに決まっている。

……ああ、分かったよ。

簡単に未来を覆せるなんて思ってもいないし、聖女セシルや王国への復讐が並大抵のことじゃないことは、最初から分かっていた。

それでも、やるしかないんだ。

「……始める前に、一つだけ教えてください」

「なんじゃ」

「どうして僕に、立ち合いを申し込まれたのですか？」

「その答えは、仕合った後に教えてやるわい」

僕とサイラス将軍は、ゆっくりと剣を構える。

できれば彼とはこのような形で剣を交えたくはなかったが、こうなれば仕方がない。

だけど、死に戻る前の僕と同じだなんて思うな。

あなたに教わった剣で、『皇国の盾』に一矢報いてみせるッッッ！

「ゆくぞッッッ！」

掛け声とともにサイラス将軍は一気に飛び出し、上段の構えから一閃。

その巨体から放たれる、叩きつけるような縦の一撃がすさまじい威力であることを、死に戻る前の人生で嫌というほど知っている。

だから。

「躱したか」

「当たり前ですよ。馬鹿正直に受けるなんて、どうかしてる」

ぎろりと睨んでくるサイラス将軍に、僕は横に躱してから冷静に告げた。

本当は躱しざまに胴(どう)へ一撃お見舞いしてやりたかったが、残念ながらそれは無理だった。

隙のない構え。さすがは『皇国の盾』といったところだろうか。

だが。

「次は僕の番です！」

「むっ」

身体を左右に振り、的(まと)を絞らせないようにしつつ、僕はサイラス将軍に肉薄(にくはく)する。

この体捌(たいさば)きも、全てあなたから学んだものですよ。

「はあああああああああッッッ！」

懐に潜り込んでから、僕は素早い連撃を繰り出す。

間合いを取られてしまうと、リーチの短い僕が不利。逆にここまで密着すれば、サイラス将軍はその巨体が不利となる。そう考えて接近戦に持ち込もうとした僕だったが。

「なかなかやりおるわい」

残念ながら僕の攻撃は、サイラス将軍に簡単に防がれてしまった。

まさか柄(つか)を利用してこうも上手く防御するなんて、思いもよらない。

本当に、どこまでこの人は厄介なんだ。

「どうした！　もうおしまいか！」

「っ！　まさか！」

押し込まれて吹っ飛んでしまったけど、すぐに体勢を立て直して再びサイラス将軍に迫る。

一筋縄ではいかないことは、最初から分かっていた。僕はただ、勝利するために……一撃を与えるために、何度でも挑むだけだ。

目の前の男に、僕はそう教わったんだ。


「おおおおおおおおおおおおッッッ！」

「ぬうううううううううんッッッ！」

何度も剣を交わしては弾き飛ばされ、それでもなお挑む。

試合が始まってから既に十分以上が経過したけど、まだ剣を掠(かす)らせることすらできていない。

だけど、それは向こうだって同じ。僕は力で押し込まれて弾かれはするものの、サイラス将軍の

一撃を全ていなすか、あるいは躱しているんだ。

サイラス将軍。僕はあなたのおかげで、ここまで強くなることができました。

その恩を、ここで返させていただき……っ!?

「これならどうじゃああああああッッッ！」

身体を大きく捻じり、サイラス将軍が最速の横薙ぎを繰り出す。

こんな技……僕は知らない!?

「く……くそおおおおおおおッッッ！」

サイラス将軍の一撃を躱すため、僕は、なりふり構わずに地面を蹴って後ろへ飛ぶ。

あれは下手をすれば掠っただけでも戦闘不能に追い込まれてしまいかねない。それほどの一撃だと、僕の頭の中で警鐘が鳴り響いたんだ。

なのに。

「が……ふ……っ!?」

彼の剣は僕の身体を捉え、高く舞い上がった。

ようやく地面に落ち、それから二度、三度と跳ねながら転がった僕の身体は、訓練場の端にある壁にぶつかってようやく止まる。

どうして……僕は、躱したはずじゃ……っ。

「……まさか奥の手まで使う羽目になるとは、思いもよらんかった。これを使ったのは、二十年ぶりだ」

「う、うう……」

呻き声を上げながらもどうにか剣をつかむ僕を見据える、サイラス将軍。

誰が見ても勝敗が決したと思えるようなこの状況でも、彼は決して気を緩めることはない。

ああ……あなたはそういう人でしたね。

たとえ相手が虫の息でも、油断しない。……いや、敬意を払うことを忘れない。

そんなあなたに、死に戻る前の僕は密かに憧れていたんだ。

「ああああああああああああああああッッッ！」

空に向かって叫び、僕は全身の力を振り絞って立ち上がる。

まだだ。僕はまだ、全てを出し切っていない。

たとえ勝つことができなくても、それでも、僕はまだサイラス将軍に、僕のこれまでの全てをぶつけていないから。

「……まだ闘志は衰(おとろ)えぬか」

「は、はは……当たり前、じゃない……ですか……」

険しい表情で睨んでくるサイラス将軍に、僕は不敵な笑みを浮かべてみせた。

「おおおおおおおおおおおおッッッ！」

咆哮を上げ、待ち構えるサイラス将軍に突進する。

僕が勝利するためには、やはり彼の懐に飛び込んで活路を見出すしかない。

だけど。

「あぐっ⁉」

「どうした！　もう終わりか！」

「ま、まだまだッッッ！　が……は……っ⁉」

「それではこのわしに一撃を与えることは叶わんぞ！」

サイラス将軍の奥の手と思われる一撃を食らい、僕の動く速度は半減している。懐に潜り込むどころか初撃すら躱せず、格好の的となってしまう。

顔を、肩を、胸を、胴を、腕を、脚を、いいように打たれ続ける。

それでも僕は、後退なんかしない。一歩、また一歩と、サイラス将軍へと近づいてゆく。

そして。

「届……いた……っ！」

サイラス将軍の懐に……僕の間合いにたどり着いたんだ。

「お……お……おおおおおお……っ」

雄叫びを上げ、僕は渾身の突きを放つ。

これで……この一撃で、勝負を決める。

でも、そんな想いだけでは意味がなくて。身体は言うことを聞かず、小さな子供にも簡単に躱されると思えるほどのろまな突きなど、サイラス将軍に通用するはずもなくて。

なのに。

「……ギュスターヴ殿下。貴殿の勝ち、ですぞ」

「あ……」

僕の剣の切っ先は、微笑むサイラス将軍の胸を捉えたんだ。

◇

「皆の者、見たであろう！　ギュスターヴ殿下はこのわしに正々堂々と挑み、互角に渡り合い、勝利してみせた！　皇国の武人として、殿下を讃えよ！」

「「「「おおおおおおおおおおおおおッッッ！」」」」

サイラス将軍の号令で、地面に倒れたままの僕を取り囲む騎士達が、剣を一斉に高く掲げた。

は、はは……お情けで勝ちを譲ってもらっただけに、少し居たたまれないな……

「で、でも……どうして……」

そう……僕には分からなかった。

闘いにおいて常に真摯で、勝ちを譲るなんていう相手を侮辱するような行為を決してしないサイラス将軍が、何故わざと負けたのか。

「……昨日、わしのところに一通の手紙が届いたのです。内容は『アビゲイル殿下を蔑ろにし、妹君であらせられるブリジット殿下と秘密裏に仲睦まじくしている』と」

「そ、それは……」

「まあお待ちくだされ。疑問に思ったわしは、真偽を確かめるためにアビゲイル殿下に話を聞いたが、やはりギュスターヴ殿下はブリジット殿下と面会していたとのこと」

僕が誤解を解こうと口を開くも、サイラス将軍はそれを制止して話を続ける。

「それでわしは、ギュスターヴ殿下を試させてもらうことにした。百の言葉よりも、一つの剣の交わりこそが雄弁に語ってくれるのでな」

「あ……」

「殿下の剣を受け、すぐに分かり申した。貴殿がそのような不義理を働くような男ではないことを」

そうか……サイラス将軍が僕との立ち合いを求めたのには、そんな理由があったんだ。

死に戻る前の人生で試合を挑んできたのも、同じ意図だったんだろうな。

もっとも、死に戻る前の僕はただ『ギロチン皇女』のアビゲイルを恐れ、ただ王国に……家族に媚(こ)びることばかりを考えていた。

そんな邪(よこしま)な思いを見透かされ、彼なりに少しでも僕をアビゲイルに相応(ふさわ)しい男にしようと、あれだけしごいたのか……

「……などと言ってはみたものの、ギュスターヴ殿下がそのような男ではないことは、十日前に剣捌きを見せてもらって分かっておりましたがな」

そう言うと、サイラス将軍は豪快に笑った。

だ、だったら、わざわざ手合わせをする必要はなかったんじゃ……

「これで分かったであろう。ギュスターヴ殿下は、お主達が考えているような男ではないことを」

「え……？」

サイラス将軍の言葉に、僕は彼が視線を向ける先を見た。

そこには。

「…………………………」

腕組みをして壁にもたれる、一人の男がいた。

あれは、ひょっとして……

「皇国の、矛……」

「む、ギュスターヴ殿下もご存じでしたか」

やはり間違いない。

ストラスクライド皇国の騎士団長を務める、サイラス将軍と双璧を為す最強の武人の一角。

――『皇国の矛』グレン＝コルベット。

死に戻る前の人生で僕はあの男と絡んだことはなく、公式行事の護衛を務めていた姿を数回目撃した程度。

ただ、エドワード王崩御後、グレンはブリジットの陣営に与し、早々に皇都を出てしまったことを覚えている。

つまり……この男は、いずれアビゲイルの敵になる。

「……どうだかな」

興味なさそうに短く告げると、グレンはそのままどこかへと去ってしまった。

「いやはや、相変わらず気難しい男だわい」

そう言ってかぶりを振るサイラス将軍。

とにかく、今回の立ち合いは、グレンの疑念を晴らすとともに、他の騎士達に僕がどういう男なのかを知らしめるために、サイラス将軍が画策したものだということは理解した。

いずれにせよ。

「僕がブリジット殿下と会っていたことを、彼も既に知っていたということか」

「む……そうだった。そのあたりについて、わしも詳しく聞きたいと思っておりましてな」

「うわっ⁉」

思いきり顔を近づけて尋ねてきたサイラス将軍に、僕は驚きの声を上げた。

ただでさえいかつい顔で、なおかつ青筋まで立っているんだ。驚かないほうがどうかしている。

ただ、それでもすぐに気持ちを切り替えて、僕は言う。

「そうですね……その件も含めて、将軍にはお話ししたいことがあるんです。できれば、二人だけで話せませんか？」

「なんですと？」

そう……僕がよりアビゲイルに近づき、王国との戦いに備えて彼女に必要な権力を持たせるためには、なんとしてもサイラス将軍の支持を得なければならない。

最大の支援者である彼の進言ならばアビゲイルも無視することができず、僕を味方に引き入れるしかなくなるだろうから。

たとえ彼女が、それを嫌がったとしても。

「では場所を移して早速……って」

「はっは、慌てないでくだされ。まずは殿下の怪我を治療してからですぞ」

サイラス将軍は口の端を持ち上げ、手当てをしてくれた。

◇

「むう……ブリジット殿下が、そんなことを……」

サイラス将軍に僕の部屋に来てもらい、ブリジットとのお茶会の顛末について説明した。

『アビゲイルの婚約者である僕をブリジット陣営に引き入れるためのお茶会だった』という情報に、サイラス将軍は腕組みして唸ってしまった。

「彼女はどうやらヴァルロワ王国から支援を引き出せるのではと期待していたようですが、生憎僕は人質として差し出された身。王国にとっては廃棄物くらいにしか思われていません。それを伝えると、僕に利用価値がないと悟ったのか、すぐに手を引きましたよ」

僕は肩を竦め、自虐的に笑う。

とはいえ、三年後の『皇都襲撃計画』を実行に移すために、王国……いや、セシルは僕の力を必要とするはず。それこそ、死に戻る前の人生の時と同じように。

それを逆手に取り、色々と情報や支援を引き出しつつ罠に嵌めるつもりなので、上手くやれば王国の協力を引き出すことも可能ではある。だが、そんなことをするつもりはないし、それを今あえて説明する必要もない。

「そんなわけで、僕は王国に対して何一つ未練がありません。……いえ、むしろ王国は僕にとって敵です」

「む……」

「そこでサイラス将軍に、折り入ってお願いがあります」

サイラス将軍に向き直り、彼を見つめると。

「アビゲイル殿下の未来のために、この僕を役立てていただけないでしょうか」

僕は、深々と頭を下げて懇願した。

「お待ちくだされ。アビゲイル殿下の婚約者であるギュスターヴ殿下にそのようにおっしゃっていただけることは、臣下であるわしも嬉しく思います。ですが……」

サイラス将軍は複雑そうな表情を浮かべつつ、そこで言葉を切って押し黙った。

剣を交えたとはいえ、彼はきっと僕のことをまだ完全には信用できないのだろう。それは当然のことだ。

だから。

「……サイラス将軍の胸の中だけに留めていただきたいのですが、実はヴァルロワ王国は、今回の休戦協定を結んでからも、虎視眈々と逆転の一手を打つ準備を進めております。そして……その作戦の鍵として、王国は僕を利用しようと考えている」

「なんだとっ!?」

サイラス将軍は険しい表情を浮かべ、勢いよく立ち上がった。

「どうか落ち着いてください。僕が皇国を陥れようと考えているのであれば、このようなこと、お伝えしません。むしろこれは、皇国にとって……いえ、アビゲイル殿下にとって有利になる情報だからこそ、将軍にお話しししているのです」

「む、むう……っ」

制する僕の説明を聞き、サイラス将軍は唸りつつも再び席に着く。

普段は豪快で竹を割ったような性格の彼だが、その実感情で動くようなことはしないことを、死に戻る前の人生で知っている。

だからこそ僕は、この人に打ち明けようと思ったのだ。

「……つまり、我等がギュスターヴ殿下からの情報をもとに王国の動きを察知して先手を打つことで、皇国を守りつつアビゲイル殿下の地位と評価を上げようということか」

「ご理解いただけたようで何よりです。ただ、そのためには……」

「分かっておりますぞ。ギュスターヴ殿下を手元に置かないことには始まらない、ということですな」

僕がアビゲイルにとって必要な人材であることは示した。これでサイラス将軍も、僕がアビゲイルの陣営になくてはならない存在であると考えるはずだ。

彼の反応を窺いつつ、内心でここまで上手く交渉ができたことに安堵していると。

「一つだけ教えてくだされ。殿下はどうして、あえてこのわしにその話をなされた」

「っ⁉」

サイラス将軍から向けられた強烈な殺気に、僕の身体が強張る。

ああ……そうだよな。アビゲイルとサイラス将軍の並々ならぬ関係を知っている者は、皇国内においてもアビゲイル本人と後は侍女のクレアしかいない。

だけど僕は知っている。どうして彼が、アビゲイルに尽くそうとしているのかを。

あれは死に戻る前の人生の……そう、処刑される一週間前。

ブリジット陣営の策略により、突然ヴァルロワ王国の北部にある城塞都市ノルマンドの司令官として派遣されることになった。

それが王国の皇都襲撃の成功を決定づける結果に繋がったのだから皮肉なことだが、ひょっとしたらサイラス将軍は、そんなことも予感していたのかもしれない。

その証拠に、当時のサイラス将軍は三年間しごいて鍛え続けた剣術によって、アビゲイルを守り抜くよう懇願しながら、僕に教えてくれた。

元々サイラス将軍は、皇国やエドワード王にではなく、今から十五年前に他界したアビゲイルの母親であるレオノーラ王妃に仕えていた。

そのレオノーラ王妃に、サイラス将軍はアビゲイルを守ることを託されたのだ。

きっと二人の間には僕の与り知らない関係があるのは想像に難くないが、いずれにせよ彼がここまでアビゲイルに忠誠を尽くすだけの理由があるということは確かだ。

（……それに、そんな事情を後に裏切る僕に教えてしまうほどの情の厚さは、正直利用できる）

もっとも、それはサイラス将軍にとっても悪い話ではないだろう。

僕の目的は、王国や聖女セシルへ復讐すること。それは変わりはないが、それでも、これはアビゲイルの未来を救うことにも繫がるのだから、あの時の彼の願いを叶えることになる。

だから。

「僕は、アビゲイル殿下をこれまで守り抜いてきたあなただからこそ、この話をしました。共にアビゲイル殿下を守り抜くために、協力させてください」

目を逸らさず、僕ははっきりと告げた。

「そう、か……」

僕に向けられていた殺気は霧散し、サイラス将軍は肩を落とす。

そして。

「分かり申した。このサイラス＝ガーランド、殿下のお言葉を……いや、交えた剣を信じましょう」

「っ！　ありがとうございます！」

僕は勢いよく立ち上がり、深々とお辞儀をした。

これで僕は、ようやくアビゲイルに近づくことができる。

そう思っていたのだが。

「ただし」

「た、ただし……？」

「これからはわしの剣の稽古にお付き合いくだされ。確かにその歳にしては見事な腕前ではありますが、アビゲイル殿下をお守りするにはまだまだですぞ！　わっはっは！」

「あ、あはは……」

破顔するサイラス将軍に、僕は思わず苦笑いした。

ま、まさか死に戻った後も、彼のしごきを受けることになるとは……

第四章

「ギュスターヴ殿下！　脇が甘い！」

「うぐっ!?」

サイラス将軍と手合わせをした日から五日後。約束どおり僕は、今日も皇宮内にある訓練場で彼のしごき……もとい稽古を受けていた。

やはり手加減など一切なく、稽古が終わる時には、疲労と全身打撲で僕は虫の息だ。

「さて、少し休憩しますかの」

「は、はい……」

地面に伏しながら、僕は消え入るような声で返した。

死に戻る前のしごきで磨いた剣の腕と、死に戻ってから三年間鍛え抜いた身体があってもこの有り様か。しごいていたサイラス将軍も僕と同じくらい……いや、僕以上に動いていたはずなのに涼しい顔をしている。

「それにしても、ギュスターヴ殿下はよくサイラス将軍に付き合えますね」

「そうそう。俺ならとっくに逃げ出してますよ」

倒れたままの僕に向かってそんな軽口を叩いてくるのは、騎士のミックとテリー。

この二人はあの立ち合い以降、こうやって隙を見ては僕に気安く絡んでくるようになった。

一応僕、ヴァルロワ王国の王子で、アビゲイルの婚約者なんだが……

そんなふうに考えながら息を整え、ようやく立ち上がったタイミングでサイラス将軍が歩み寄ってきた。

「ところでギュスターヴ殿下、今夜は空いておりますかな？　よろしければ、せっかくですので食事でもいかがかと思ったのですが」

「今夜、ですか……？」

「うむ」

あの試合以降は、僕の用事といえばサイラス将軍とのしごき……いやいや、稽古くらいしかない。

アビゲイルにはこれまで何度か面会を申し込んだものの、なしのつぶてであり、部屋を訪れても侍女のクレアに門前払い(もんぜんばら)いされていた。

王国から僕やマリエットへの連絡も特になく、こんなことをしていていいのかと、少しやきもきしていたところだ。

「もちろん大丈夫です。でしたら夕食は、僕のほうで用意を……」

「いやいや、それには及びませぬ。わしのほうで手配済みですので」

やけに用意周到だな……。まるで僕が断らないことを前提に、話が進んでいたかのようだ。

「でしたら、サイラス将軍にお任せします。そうすると、場所はサイラス将軍の屋敷ということでよろしいですか？」

「いや、皇宮ですぞ」

「……なるほど」

予想外の答えに内心驚いたが、どうにか表情には出さずに済んだはずだ。

「まあ、殿下にご足労いただくわけにもいきますまい。そうなると、必然的にここになるというわけです」

「そういうことですか」

などと頷いてみるものの、やはり腑に落ちない。

ただ、サイラス将軍はその真意を答えてくれなそうなので、僕もこれ以上聞くことはなかった。

◇

「ギュスターヴ殿下、よく似合っております」

「そ、そうか」

夕食のために風呂に入って支度を整えると、マリエットが褒めてくれた。

とりあえずは正式な招待ということで正装にしたんだが、少々やりすぎだろうか。

……まあいい。それで咎められることもないだろうし。

「ところで……王国は、あれから何も？」

「はい。帰り際にルイ殿下から『また連絡する』と言われたきり、音沙汰がありません」

僕が皇国に渡る際に、ルイは休戦協定の諸条件の細部を調整するために一緒に来ていたわけだが、十日前に王国へと帰っていった。

マリエットの話では、ルイからも皇国の情報を流すよう念押しされたらしい。

僕にはそのことを伝えないようにと、言い含めた上で。

「まあ、王国が皇都襲撃を企てるには準備期間も含めて最低三年はかかるだろうから、君に指示が出されるのはもっと先になるだろうけどね」

「私もそうだと思います。……それにしても、王国は酷い」

マリエットは頷き、憤る。

僕が死に戻ったことを当然明かしてはいないが、それでも、『皇都襲撃計画』については予め説明していた。

いずれ僕もマリエットも、王国によって使い捨てにされることまで含めて。

もちろん、死に戻る前の人生でマリエットがどうなったのかは知らないが、きっと僕と同じように、口封じも含めて始末されたに違いない。

それは、彼女の家族……最愛の弟も含めて。

「『皇都襲撃計画』さえ阻止してしまえば、王国が逆転する手段はない。つまり……」

「……殿下や私、それに私の家族の命もまた保証される、というわけですね」

「ああ」

マリエットの言葉に、僕は強く頷く。

復讐はもちろんだが、王国を打倒しなければ僕達の未来はないのだから。

とはいえ、あの底の見えないセシルのことだ。上手くいくかは、なんとも言えないな……。

いずれにせよ王国を打倒するためには、まずは『皇都襲撃計画』を阻止しないことには始まらない。

「心配しなくてもいい。アビゲイル殿下と手を組み、彼女が皇国で権力を手に入れたその時に、君の家族も秘密裏に皇国へ呼び寄せよう」

「はい。どうかお願いいたします」

マリエットは深々と頭を下げる。

ああ、そうだ。僕は聖女セシルや、王国の連中とは違う。

僕のために尽くしてくれる者を、裏切ったり見捨てたりなどしない。

たとえ復讐を果たすためとはいえ、あのような人間と同じになどなってたまるものか。

すると。

「ギュスターヴ殿下、お迎えに上がりましたぞ！」

部屋を訪れたのは、サイラス将軍だった。

夕食の会場を教えてくれればそこに向かうと伝えたが、彼がどうしても迎えに来ると言って聞かなかったのだ。

「わざわざご足労いただき、ありがとうございます。では、よろしくお願いします」

「うむ！　まいりましょうぞ！」

「いってらっしゃいませ」

マリエットに見送られ、僕はサイラス将軍の後についていった……のだが。

「ここが、今夜の会場ですわい」

案内されたのは、何故か皇宮の地下にある書庫だった。

訪れる者もいないのか、棚(たな)や並んでいる本だけでなく、床までもが埃(ほこり)を被っている。

「サイラス将軍、本当にここでよろしいのですか？」

「少々お待ちくだされ」

そう言うと、サイラス将軍は書庫の一番奥にある棚を横にずらした。

すると。

「っ⁉　これは……」

現れたのは、人が一人通れるだけの、小さな通路の入り口だった。

「こちらですぞ」

火が灯った燭台を手にして通路へと入っていくサイラス将軍の後を、僕は慌てて追う。

（こんな場所に、隠し通路があったなんて……）

死に戻る前の記憶を辿ってみるが、やはり僕は知らない。

前を歩くサイラス将軍の背中を見つめながら、暗闇の中を進んでいく。

そこには。

「ア……アビゲイル、殿下……っ」

なんとテーブルの上の燭台に照らされたアビゲイルが、席に着いていたのだ。

その後ろには、クレアも控えていた。

「サイラス将軍、これは……」

「はっは！　夕食会へようこそ！」

サイラス将軍は豪快に笑い、戸惑う僕を席に座らせた。

こ、これは一体どういうことなんだ……？

「あ、あの……」

「ギュスターヴ殿下。まずは食事を楽しんで、それからお話をしましょう。クレア」

「かしこまりました」

何か言おうとした僕を制止したアビゲイルの指示を受け、クレアは恭しく一礼してどこかへと行ってしまった。

「姫様……アビゲイル殿下とわし、それにクレアで、定期的にこうして食事を共にしておるのだ。まあなんというか、昔からの慣例というやつでな」

そう言うと、サイラス将軍はどこか懐かしむような表情を浮かべた。

僕の勝手な想像でしかないが、彼はアビゲイルが小さな頃から、こうやって一緒に食事をしてきたのかもしれない。

主従というより、家族のような関係性なのだろうか。

「どうぞ」

鋭い視線を向けながら、僕の目の前に料理の皿を置くクレア。

やはりこの女は、僕のことをどこまでも敵視しているのだな。

「ギュスターヴ殿下、どうぞお召し上がりください」

「で、では……」

アビゲイルに勧められ、僕は料理を口に運ぶ。

どれもきっと美味しいのだろうが、残念ながら味はあまり感じられなかった。

この部屋の……いや、アビゲイルから放たれる異様な雰囲気を感じつつ、僕は確信する。

ここが、アビゲイルとの関係構築における分水嶺（ぶんすいれい）になると。

それから僕達は、次々に運ばれてくる料理を無言のまま食べ続ける。

やがて。

「単刀直入に申し上げます。ギュスターヴ殿下は、これ以上私に関わるのをおやめください」

食事を終えた僕に、アビゲイルが拒絶の意思を示した。

「どういうことでしょうか。僕はあなたの夫となるために、この国へ来たのです。それなのに、関わるなと言うのは、無理な話でしょう」

「私とあなた様の関係は、所詮両国の休戦協定のもと結ばれたもの。体裁さえ整っていればいいわけで、わざわざ夫婦ごっこに興じる必要もないでしょう」

お茶を一口含んだ後、アビゲイルはぴしゃりと告げる。

……ああ、分かっている。僕とアビゲイルの関係など、国の都合で勝手に結ばれた、紙切れによって決められたものであることくらい。

ただ。

「…………………」

サイラス将軍に視線を向けると、ただ無言で僕を見つめている。

おそらくは、立ち合った時に話した王国の陰謀について、アビゲイルにはまだ告げていないのだろう。

彼は僕に、アビゲイルに直接事情を話せる場を用意してくれた、そういうことだ。

なら。

「……僕とアビゲイル殿下の夫婦としての関係だけを論じるのであれば、それでいいでしょう。ですがそれは、あなたが破滅の道に進むことを意味します」

「……何をおっしゃりたいのですか」

僕の言葉に、アビゲイルは真紅の瞳を一瞬揺らしたかと思うと、すぐにこちらを睨みつけ、低い声で尋ねてきた。

彼女の中でどんな思考があったのかは分からないが、それについては後で考えることにしよう。

「言葉のとおりです。ヴァルロワ王国は休戦協定により戦が中断される間に力を蓄え、策を弄してストラスクライド皇国を打倒するつもりです」

「それは皇国も同じこと。休戦中に国力の増強を図り、王国を迎え撃つのみ」

「そうでしょうか。そもそも皇国は、あれだけ有利に戦を進めていたにもかかわらず、休戦を受け入れたんです。つまり皇国には、何かしら休戦せざるを得ない理由があるということではないのですか？」

そう……皇国は、休戦せざるを得なかった。

皇国の『金獅子王』、エドワード王の病が進行していることが、その理由だ。

エドワード王の多くの者を惹きつけて止まない魅力と他の追随を許さないほどの武力を背景とした統率力により、皇国は一つになっている。

しかし、彼の崩御後、皇国はブリジット派とアビゲイル派に割れ、内紛が起こってしまう。

エドワード王は自身の亡き後を憂えて休戦という判断を下したわけだが、残念ながら死に戻る前の人生では王国にそこを突かれ、皇都の襲撃を受けてしまったのだが。

「そんなことはありません。そもそもお父様……エドワード陛下が健在であるかぎり、王国など恐るるに足りません。たとえ王国が卑劣な策を弄しても、全て食い破ることでしょう」

「僕はそうは思いません。今アビゲイル殿下がおっしゃったように、それはあくまでもエドワード陛下が健在であることが前提条件です。もし陛下に何かがあれば、その時はどうなるでしょうか」

「それは……」

「そのような可能性があるからこそ、エドワード陛下が休戦協定を結んだ。つまりはそういうことだと、僕は睨んでおります」

「ギュスターヴ殿下のおっしゃることは、全て憶測に過ぎません。……いいえ、それどころか私の不安を煽り、まるで自分の都合のいいように誘導しているとも取れます」

やはりアビゲイルは、僕の言葉をまともに聞くつもりはないのだろう。頑なな彼女に思うところはあるが、それならば嫌でも危機感を持たせるだけだ。

「『皇都襲撃計画』」

「？　……何を急に」

「王国が考えている、皇国打倒のための策です。そしてその鍵となるのが、人質であるこの僕です」

それから僕は包み隠さず、死に戻る前の人生で起きたこと……『皇都襲撃計画』について話した。

アビゲイルの夫としての立場を利用し、邪魔になる人物を排除した上で王国軍を上陸させるための侵攻ルートを確保し、皇都ロンディニア内部へ誘導する。

全てを僕一人でやったわけではないが、それでも、僕の働きがなければ計画は成功しなかっただろう。

また、サイラス将軍が皇都襲撃の一週間前にノルマンドの司令官に配置換えとなったことを考えるに、王国が一枚噛んでいた可能性もある。

いずれにせよ、このままでは二年後にエドワード王が崩御して皇位継承争いは泥沼化。その隙を突かれて皇都襲撃を受け、死を迎える未来が待っている。

さすがに僕が死に戻ったことを話すわけにはいかないので、あくまでも王国がそれをほのめかしていたことを受け、皇国へ渡る前に僕自身が第六王子の立場を活かして独自に調べた結果……ということにしておいたが。

「……そのようなこと、信用できるとでも？」

「では、どうすれば信用していただけるのでしょうか」

鋭い視線を向けるアビゲイルに対し、僕は身を乗り出して尋ねる。

「……わしは武に身をやつして生きてきた身。難しいことは分かりませぬが、少なくともギュスターヴ殿下が姫様を陥れようと嘘を言っているわけではないことは、保証いたしますわい」

このままでは平行線になると考えたのだろう。サイラス将軍が助け舟を出してくれた。

さあ……アビゲイルはどう出るか。

彼女は少しの沈黙の後、ゆっくりと口を開いた。

「率直に申し上げますと、どうしてギュスターヴ殿下がそのような話をしてくださったのか、理解できません。あなた様はヴァルロワ王国の王子であり、敵国の皇女……『ギロチン皇女』である私に与する理由がない。なのに、どうして……」

「言うまでもありません。僕にとって王国は、憎むべき敵だからです」

「ですがシャルル王はあなた様の父であり、ご兄弟も……」

「あの連中を父だと……兄だと思うはずがない」

なおも話を続けようとしたアビゲイルの言葉を遮り、僕は低い声で告げた。

あまり感情的になるのは得策ではないが、それでも、僕の王国への怒りを知ってもらえたと考えれば、結果的に良かっただろう。

「……失礼しました。とにかく、今の僕は既に皇国の人間。王国の企みを阻止するためなら、なんでもしますよ」

僕はゆっくり頭を下げ、謝罪した。

薄暗い部屋の中に沈黙が流れる。

そして。

「……分かりました。とりあえず、ギュスターヴ殿下のお言葉を信じることにします」

「っ!?　アビゲイル殿下！」

それまでアビゲイルの後ろで黙って聞いていたクレアが、大声を上げた。

この女は僕のことを特に嫌っているから、とてもじゃないが受け入れられないのだろう。

「他ならぬサイラスが彼を信頼したのです。なら、信じてみるのも悪くないと思っただけ。それに……仮にギュスターヴ殿下に思惑があるのだとしても、王国の動きを知ることは皇国にとって……いえ、私にとっても大きな意味があります」

そう言うと、アビゲイルは僕を見つめる。

相変わらず表情に変化はない。まるで人形のような、何の感情も持ち合わせていないような、そんな顔。

死に戻る前の僕は、そんな彼女が嫌いだった。

表情一つ変えずに処刑する、冷酷無比な女。いつも僕を見下し、路傍（ろぼう）の石でも見るような視線を向けてくる、とても妻とは思えない女。

だが処刑されたあの日、僕は彼女にもちゃんと心があることを知った。

死に戻った僕は、そのことを理解している。

「では、これから僕達は同志、ということですね」

「はい。どうぞよろしくお願いいたします、ギュスターヴ殿下」

僕とアビゲイルは立ち上がり、握手を交わした。

これが僕達の――棄（す）てられた王子と『ギロチン皇女』の、未来への第一歩だ。

◇

「それで、ギュスターヴ殿下はどうして、手を結ぶ相手として私を選ばれたのですか？」

改めて席に着くと、アビゲイルはお茶を口に含みながら尋ねる。

まあ確かに、彼女が疑問に思うのは当然だ。とはいえ、当たり前だが死に戻る前のことを……処刑されたあの日のことを話すわけにもいかない。

なので。

「アビゲイル殿下は『ギロチン皇女』という異名を持ち、国の内外において恐れられている存在。このため、国民からあまり支持を得られていないものと存じています」

「ギュスターヴ殿下、口を慎(つつし)んでください！」

「クレア」

「……っ。失礼いたしました」

僕の言葉が気に入らないクレアは大声で叫ぶが、アビゲイルに制止されてしまい、唇を噛みながら引き下がった。

「一方で、ブリジット殿下は表情豊かで愛らしい性格をしており、その美しい容姿も相まって『妖精姫』と呼ばれています。……失礼。容姿に関しては、アビゲイル殿下も決して引けは取りませんが」

「余計なお気遣いは無用です。早く本題に入ってください」

「……はい」

じと、とした視線を向けられてしまった。

やはり彼女は、こういった歯の浮くような台詞は好きではないようだ。

軽く咳払いし、僕は話を続ける。

「エドワード陛下の御子は、アビゲイル殿下とブリジット殿下のお二人しかおられません。となれば、いずれエドワード陛下が身まかられた時は、いずれかが女王となってこの国を継ぐことになります」

「…………………」

「その際に不利であったアビゲイル殿下を女王にした立役者となれば、僕は皇国内でそれなりの地位を得ることができます。あなたの夫という地位だけではなく、僕……ギュスターヴ＝デュ＝ヴァルロワとしての地位を」

「……あなた様はそのような地位を得て、一体何をなさるつもりなのでしょうか」

鋭い視線を向け、アビゲイルが尋ねる。

だが僕は、彼女に何も明かすことができない。死に戻ったことも、これから起こる未来も。

ただ、これだけは言える。

「僕の望みは、ヴァルロワ王国の打倒」

「「「っ⁉」」」

僕が王国をよく思っていないことは、ここにいる三人はこれまでの会話の中で理解していただろう。それでも、こうしてはっきりと言葉にしたことに、驚きを隠せないようだ。

「何故……とお尋ねしても、きっとあなた様はお答えくださらないのでしょうね」

「申し訳ありません。ですが、この思いと決意に嘘はないと誓います。この命を懸けて」

僅かに視線を落とすアビゲイルに対し、僕は胸に……心臓に手を当てて告げた。

「……分かりました。今はそれで納得することにいたしましょう」

「ありがとうございます」

目を閉じ、静かに頷くアビゲイル。ただ、その顔はどこか不満げ……というか、愁いを帯びているように見えるのは気のせいだろうか。

「さて……本題はここからです。今申し上げたとおり、アビゲイル殿下の皇国内での立場はあまりよろしくない。支援してくださっている方も、おそらくはサイラス将軍くらいしかおられないのでは？」

「おっしゃるとおりです。この国で私を支援してくださる貴族など、ほぼおりません」

分かってはいたことだが、状況は相当厳しいな……

とはいえ死に戻る前の人生においてエドワード王の崩御後、アビゲイルは女王の座を巡ってブリジットと泥仕合を演じることができるだけの力を持っていた。

そうなった最も大きな要因は軍部を掌握するサイラス将軍を最大限に活用しつつ、策を巡らせてブリジットを皇都から追い出したこと。加えてアビゲイルは、混乱なく皇都をまとめ上げていた。

つまり、そのための準備をこれからの二年間で行っていたということ。そうでなければ説明がつかない。

そんな彼女の実力に素直に感心するものの、王国による皇都の襲撃を受けた時点で皇国全体を掌握するまでには至っていなかったのだから、それではいけない。アビゲイルが女王となれるように、どうにか導かなければ。

「であれば、一つ僕に任せていただきたいことがあります」

「ギュスターヴ殿下に、ですか？　それはどのような……」

「エドワード陛下に直接お話をしにいきます」

「「「っ!?」」」

僕の言葉に、アビゲイル、サイラス将軍、それにクレアまでもが息を呑んだ。

「お、お待ちください。あなた様はご存じないかもしれませんが、陛下はとても苛烈な御方。不興を買ってしまえば、その場で処断されてしまうことだってあります」

いつも冷静沈着……というより、感情を見せないアビゲイルにしては珍しく、どこか狼狽えているようにも見える。

つまり、彼女の言葉は本当であり、下手をすれば僕はそこで命を失ってしまう、と。

しかし。

「ご心配なく。……などと根拠のないことを言うつもりはありませんが、現状を打破するためにはこれしかありません。それに、僕だからこそエドワード陛下と交渉の余地がある」

そう……僕だけが、これから三年後までの未来を知っている。

エドワード王が何を考え、何を求めているのかも。

僕がエドワード王に叩き切られる可能性は限りなく低い。何故なら休戦協定の条件として差し出した僕を殺してしまえば、せっかく締結した休戦協定はご破算。またあの長い戦争が再開されることになる。何よりもエドワード王は、体調に不安を抱えているからこそ休戦協定を結んだのだ。自らの手でそれを台無しにするはずがない。

ただ、アビゲイルはそういった事情を知らないため、このように心配してくれているわけだが。

「だから、どうか僕にエドワード陛下との会談の場を用意してはいただけないでしょうか。この命に代えても、きっと成果を挙げてみせます」

「……きっとどれだけ止めても、ギュスターヴ殿下は引き下がらないのでしょうね」

アビゲイルは視線を落とすと。

「分かりました。お父様との会談の場、必ずご用意いたします」

顔を上げ、静かにそう告げた。

「ありがとうございます。ただ、少しお待ちいただけますでしょうか。その時が来ましたら、僕からご連絡します」

「……今すぐでないのは、どうしてでしょうか」

「エドワード陛下との会談に備え、色々と準備しなければならないことがありますので」

エドワード王との交渉のために、どうしても必要なものがある。

それが手に入らなければ、きっと上手くいかないだろうから。

「ふう……分かりました。この一件に関してギュスターヴ殿下にお任せした以上、それに従います」

アビゲイルは息を吐き、どこか諦めた様子で告げた。

さて、これからどうすべきか決まった。なら、後は突き進むだけ。

「とりあえず、話がまとまって何よりですな。もう夜も更けてきたことですし、そろそろお開きとしましょうぞ」

サイラス将軍の言葉で、僕達は隠し部屋から出る。その時。

「……残念だったな。貴様の思惑どおりにならなくて」

「っ⁉」

すれ違いざまの僕の言葉に、クレアは勢いよく振り返った。

動揺と焦燥、それに憎悪を織り交ぜた表情を向けて。

ああ、分かっているとも。アビゲイルにお茶会の話を伝えたのは貴様だろう？

そうでなければ、都合よくアビゲイルがお茶会の場に現れるなんてことはあり得ない。

もちろん僕とブリジットがお茶会をしていたことや、そのことを根拠にブリジットに懸想しているという嘘の情報を記した手紙をサイラス将軍に送り、グレンにそのことを密告していたことも。

そう……クレア＝コルベットとグレン＝コルベット。その姓からも分かるとおり、二人は兄妹だ。

クレアがどのような意図であえてそのような嘘の密告をしたのか、それはこれから見極める必要があるが、いずれにせよ僕は、今の皇国において誰よりもクレアを信用していない。

それならば何故、王国が『皇都襲撃計画』を企んでいることを、クレアの前で明かしたのか。

アビゲイルの信頼を得るために必要だということもあるが、おそらく今日のことを受けてクレア……いや、その背後にいる連中は何らかの動きを見せるはず。

クレアを泳がせることで、その背後に誰がいるのか、思惑は何なのか、色々とこちらが有利になる情報をつかむことができる。だからクレア、貴様は精々踊ってくれ。

アビゲイルが女王になるために。そして、僕の復讐のために。

ぎこちない様子でアビゲイルの後に続くクレアの背中を見つめ、僕は口の端を吊り上げた。

「……ギュスターヴ殿下。どうしてこうも頻繁に、私の部屋を訪ねてくるのですか」

隠し部屋での会談から一か月後の午後。僕は性懲りもなくアビゲイルをお茶に誘いに来た。

というか、ほぼ毎日彼女の部屋に通っている。もっとも、いつも素っ気ない態度を取られてしまうのだが。

「申し訳ありません。一応僕とあなたは婚約者同士ですし、僕自身も一人でいては色々と疑われてしまいますので」

彼女の婚約者という立場ではあるものの、本質は王国の人質。皇宮内で今後動きやすくするためにも、それなりにアビゲイルと関係を構築しているのだと周囲に見せておいたほうがいい。

それに復讐を果たすためにも、アビゲイルとはより親密になっておくべきだろう。

「ひょっとして、お仕事がありましたか？」

「……いいえ。お入りください」

少し嫌な質問をしてしまったが、それを気にしてもいられない。

「私としては、むしろこうして仲睦まじい姿を見せることは逆効果だと思うのですが」

席に着くなり、アビゲイルがそんなことを告げた。

「どうしてですか？　婚約者なのですから、それこそ……」

「ギュスターヴ殿下こそお忘れでしょうか。私が『ギロチン皇女』だということを」

アビゲイルから底冷えするような冷たい眼差しを向けられ、僕は押し黙ってしまう。

アビゲイルは、多くの命を奪ってきた『ギロチン皇女』である。

その事実をあえて知らしめようとする意志を、その視線から感じた。

「……そういうことですので、これからは自重なさってください。もちろん、引き続き協力関係にあることは変わりませんし、あなた様からご連絡いただければ、国王陛下との面会の場をすぐにでもご用意いたします」

「あ……」

もう用はないとばかりにアビゲイルは立ち上がると扉へ向かい、未だに椅子に座ったままの僕を見やる。つまり、今すぐ出ていけということだ。

「また来ます」

「いいえ。もう来ないでください」

アビゲイルにそうぴしゃりと告げられてしまった。

だけど。

「……ならなんで、そんな悲しそうな瞳をしているんだよ」

そう零し、僕は自分の部屋へと戻ると。


「ギュスターヴ殿下」

「マリエット、どうした？」

待ち構えていたマリエットが、どこか興奮した様子で話しかけてきた。

僕は不思議に思い、尋ねる。

「お求めのものが、到着いたしました」

そう言うと、マリエットは一通の書状を差し出した。

僕はそれを受け取り、封を切って目を通す。

「……ようやくエドワード王との面会の準備が整ったな」

書状を見つめ、僕は口の端を持ち上げた。

◇

「ギュスターヴ殿下、くれぐれもお父様には細心の注意を払ってください」

エドワード王との面会の場となるサロンへと向かう中、アビゲイルが釘を刺してくる。これで本日五度目だ。

彼女は以前、エドワード王は苛烈な性格をしており、少しでも言葉を違えれば即座に首を刎ねられてもおかしくはないと言っていた。

死に戻る前の人生ではエドワード王と接する機会は皆無に等しかったため、彼の本質を理解していないことは事実。アビゲイルの忠告はありがたく受け止めるとしよう。

だが、アビゲイルを女王にするためには、この方法しかない。

廊下の角を曲がり、いよいよサロンの前へとやってきた……のだが。

「奇遇ですね。お姉様、そして……ギュスターヴ殿下」

「ブリジット……」

サロンの扉の前に、ブリジットと騎士団長のグレンがいた。

まるで、僕達を待ち構えていたかのようだ。

「悪いけど、どいてくれるかしら。ギュスターヴ殿下は、そちらのお部屋に用があるの」

「そうなんですか？　ギュスターヴ殿下、どのようなご用なのか、お伺いしても……？」

アビゲイルの言葉に全くひるむことなく首を傾げた後、ブリジットは僕の顔を覗き込み、窺うような視線を向ける。

今日のことをクレアから聞いたのだろうが、僕がエドワード王とどんな話をするのか、気になって仕方がないのだろうな。

「実はアビゲイル殿下にお願いして、エドワード陛下との面会を叶えていただいたんです」

僕は胸に手を当て、笑みすら浮かべて答えた。

どうせ情報はクレアから筒抜けなのだから、今さら隠しても意味はない。

それよりも。

「ひょっとして、気になりますか？」

「……ええ、そうですわね。ギュスターヴ殿下がお父様とどんなお話をなさるのか、とっても」

そう言ってブリジットは微笑みかけてくるが、尋ねたところで答えが返ってこないことは、この女も承知の上だろう。

ただ、こうして僕達を待ち構えていたことに鑑(かんが)みるに、今日の面会の場に息のかかった者を忍ばせることはできなかったようだ。

「僕も楽しみですよ。これから父となられるエドワード陛下と語り合う、今後も滅多にない場ですので。一体どんな武勇伝をお聞かせいただけるのでしょうか」

「まさかそのようなつまらない話をするために、ご多忙のお父様にお時間をいただいたのですか？」

「いえいえ、まさか。ですが『金獅子王』と謳われるエドワード陛下の武勇伝に憧れるのは、男なら当然ではないでしょうか。ですよね、グレン殿」

「…………………」

あえて話を振ってみるものの、グレンは表情を変えず沈黙を貫く。

この男が何を考えているのかは分からないが、今はまだそれでいい。

「では、これ以上陛下をお待たせするわけにはまいりませんので。これで」

軽く会釈をして二人の横を通り過ぎ、僕は扉をノックした。

すると。

「お待ちしておりました。陛下が中でお待ちです」

出迎えてくれたのは、色白で物腰の柔らかそうな黒髪の男性。彼は、僕が初めてエドワード王に謁見した時にもいた。

おそらくエドワード王の侍従も務めているのだろう。

「アビゲイル殿下、行ってきます」

「はい……私はここで、お待ちしております」

アビゲイルに見送られ、僕は部屋の中へと入る。

まさか面会をするのが僕一人だけだとは思ってもみなかったようで、ブリジットは僅かに目を見開いていた。

少ししてやったりな気分になり、ほくそ笑む。

黒髪の男性に奥へと通されると、そこには。

「おお、待っておったぞ」

椅子に腰かけ、ワイングラスを片手に笑顔を見せるエドワード王がいた。

だが、彼の目は笑っていない。

（……とりあえず、この部屋には他に誰もいないようだな）

もちろん、壁の向こう側に兵達を忍ばせている可能性も否定できないが、ありがたいことに殺気のようなものは一切感じられない。

つまり、エドワード王に僕を害するつもりはないということだ。

……あくまで『今のところは』だが。

「それで、余と折り入って話がしたいとのことだが……アビゲイルに対して不満でも溜まっている、とかか？」

促されて椅子に腰かけた僕に、エドワード王はどこか愉快そうに尋ねる。冗談めかしてはいるが、その目は真剣そのものだ。

どうやら彼は、僕とアビゲイルの仲が上手くいっていないのではないかと疑っているようだ。

それに関しては半分正解ではあるけど、今話すことじゃない。

「ご心配なく。おかげさまでアビゲイル殿下とは仲睦まじく過ごしておりますが、だからこそ気になっていることがあります」

「ほう……？」

「悲しいかな僕の婚約者は皇国の罪人や敵を処刑する責任者の立場にあり、皇国の内外で『ギロチン皇女』などと呼ばれております。……エドワード陛下はどうして、このような役目を彼女にお与えになったのでしょうか」

会話の切り口として、まずはアビゲイルが置かれている境遇について尋ねることにした。

アビゲイルを王に据えるに当たって、そもそも皇国の長たるエドワード王がどのように彼女について考えているのかは、把握しておくべきだろう。

「ふむ……皇国において死を司る権限を持つことができるのは、本来は王である余のみ。それと同等の権限を与えることで、第一皇女への信頼の証としたつもりだったのだが」

なるほど。エドワード王はこれまで、そう説明して周囲を納得させてきたんだな。

生死を司るなどと言えば聞こえはいいが、結局のところ処刑の責任者など汚れ役に過ぎないのに。

「よく分かりました。陛下がわざとアビゲイル殿下にそのような役目を与え、国民からの不興を買うように仕向けられていたということが」

「む……」

僕の言葉で、エドワード王は僅かに眉根を寄せる。

しかし、ここで引いては意味がない。

「では質問の仕方を変えます。エドワード陛下は、どのような理由でブリジット殿下だけに国民の支持が集まるようにし、アビゲイル殿下にはあえてそのような役割を押しつけているのでしょうか」

ここまで言えば、もう理解しただろう。

僕が聞きたいのは、エドワード王がブリジットを優遇しているのは何故かということ。

『ギロチン皇女』と呼ばれ畏怖を集めるアビゲイルとは違い、ブリジットは『妖精姫』などと呼ばれ、国民からの人気も高い。

アビゲイルは僅か十歳の頃から、重責を背負わされてきたというのに。

「……なるほど。我が娘は、存外ギュスターヴ殿下に大切に想われておるようだな」

息を吐き、エドワード王はそう呟く。

ああそうだ。僕にとってアビゲイルは、大切な存在だ。

ヴァルロワ王国と聖女セシルへの復讐を果たすためにも、なくてはならない女性なのだから。

「とはいえ、今さら役割を変えることなどできん。ギュスターヴ殿下には悪いが、アビゲイルについてはそのままだ」

かぶりを振り、エドワード王は告げる。どうやら彼に、僕に説明する気はないらしい。その上で、今のアビゲイルの立場を変えるつもりもないということか。

それはつまり、自身の後継者が……次の女王がブリジットであることを示唆しているいる。

「……上手くいくとお思いでしょうか？」

「何だと？」

僕の言葉を聞いたエドワード王は、打って変わって怪訝な表情を浮かべた。

「失礼を承知で申し上げます。長年にわたる王国との戦において、エドワード陛下はその武をもって快進撃を続け、王国との戦争においては実質勝利を収めたと言っても過言ではありません」

「そのように言われて悪い気はしないが、それのどこが余への失礼に当たるのだ？」

「まずはお聞きください。あれほどの戦果を挙げたのであれば、本来ならば休戦協定の申し出に応じるはずがない。愚かなヴァルロワの王はそのことに気づいておりませんが」

「………………………」

エドワード王の表情が、途端に険しいものに変わった。やはり休戦協定に応じたことについては、エドワード王としても本意ではなかったということだろう。

なら、ここが勝負所だ。

「エドワード陛下。あなたは今、病に冒されておられますね？」

「っ！」

そう告げた瞬間、エドワード王は立ち上がり、剣を抜いた。

刃が僕の首に添えられ、ほんの少し熱を感じた。薄皮が一枚、切れてしまったのかもしれない。

「何故そう思う」

「今申し上げたように、皇国に不可解な点が多いからです。あれだけ優勢に戦を進めていたにもかかわらず、休戦協定に応じたこと。アビゲイル殿下には『ギロチン皇女』という汚名を着せ、ブリジット殿下に国民の注目を集めるようにしていること」

「…………………」

「これらを踏まえると、陛下が存命である間につつがなく王の座を次……つまり最も国民の支持を集めるブリジット殿下へ継承して国内をまとめ上げ、そして国外からの脅威に備えようとしているということが見て取れます。何より……陛下のその指こそが、それが事実であることを裏付けている」

「っ!?」

元々エドワード王が二年後に崩御することは、死に戻る前の人生で知っていた。それに加え、僕は今日そのことに確信が持てたよ。

エドワード王の爪に、縞模様（しまもよう）があるのを見て。

普段は手袋を着用するなど上手く隠しているのだろうが、どこか気が緩んでいたのだろう。

何せ僕は、王国から人質に差し出された無用な王子。何もできまいと、高を括（くく）っていたに違いない。

僕の推測を肯定するように、エドワード王は口を開く。

「なるほど……これは聞いていた話と違う。ギュスターヴ殿下は、ヴァルロワ王国でも無能扱いされ、蔑ろにされているという話であったのだがな」

「その評価は間違っておりません。僕はあの王国で、生まれてからずっとそのような扱いを受けてきましたから」

エドワード王は剣を握る手にさらに力を込める。刃が、首に僅かに食い込んだ。

鋭い痛みが首に走るが、ここで弱い姿を見せるわけにはいかない。僕は平静を装い、エドワード王を見据える。

「それで、このことは王国には伝えたのか？」

「まだ誰にも言っておりません。もちろんアビゲイル殿下にも」

強烈な殺気を向けてくるエドワード王。僕は彼の目から視線を逸らすことなく、見つめ返した。

「ならばここでお主を始末してしまえば、このことは誰にも知られることはないということだな」

「さあ、どうでしょうか。まさか僕が、なんの準備もなしにあなたとの面会に臨んだと思いますか？」

僕は口の端を持ち上げ、意味ありげに告げる。

元々、エドワード王がこのような態度に出てくることは最初から分かっていた。

彼が病に冒されていることが外部に漏れてしまったら、それこそ皇国は危機を招いてしまうのだ。

ならば、ここで僕を消そうとするに決まっている。

だからこそ、エドワード王を大いに悩ませ、勘違いさせなければならない。

僕を始末することが悪手であることを。

「……」

「ふう……お主は一体、何が望みなのだ」

大きく息を吐き、エドワード王が尋ねる。

交渉の姿勢を見せているようにも見えるが、剣の食い込みはまたさらに深くなったような気がする。まだまだ油断はできない。

「聞いたところによれば、ストラスクライド皇国では複数の候補がいる場合に、特別な方法で王を決める習わしがあるそうですね」

「む……まさか……」

「はい。僕が陛下に望むのはただ一つ。かつてこの皇国で行われたとされる、『王選』の実施です」

そう……今から百年以上も前、まだヴァルロワ王国との戦が始まる前において、皇国では王が急逝し、二人の皇子が骨肉の争いを繰り広げた記録がある。

それを見かねた皇国の重鎮で構成された貴族衆……通称『十人委員会』は、どちらを次の王にするかを決めるため、二人の皇子の意思を無視して投票を行い、強制的に次の王を選んだ。

それが、『王選』である。

僕はその歴史を、死に戻る前の人生で知った。

シャルル王や五人の兄達に認めてもらうために、王国の役に立つことを最優先に考え、地理、歴史、政治、経済、文化など、皇国についてありとあらゆることを学んだんだ。

まさか死に戻った後で、このような形で役に立つとは思わなかったが。

「エドワード陛下にとっては、取るに足らないことでしょう。何せ、ここまでブリジット殿下を次の女王にするためのお膳立てをしてきたのです。『王選』をしたところで、結果は見えているのでは？」

「…………………」

「それに皇国の貴族や国民にとっても、目に見える形で正式にブリジット殿下が選ばれれば皇国は安泰。エドワード陛下としても、心置きなく後事(こうじ)を託せるのでは？」

　僕がそう告げると、エドワード王は顎髭をさすりながら思案する。

　もし、第一皇女を無視して一方的に第二皇女のブリジットを次の女王に指名してしまえば、一部の貴族……特にサイラス将軍率いる軍部からの反発は必至。

　納得できる形で次の女王を決定することができるのであれば、エドワード王としても悪くない話のはずだ。

「もう一度聞こう。ギュスターヴ殿下よ、何が望みだ」

「改めてお答えいたします。僕は次の女王を公平に選んでほしい。ただそれだけです」

　そうすれば、アビゲイルが次の女王に選ばれる可能性が生まれるからだ。

　今のままなら、ただ指を咥(くわ)えて見ていることしかできないからな。

　ただ……エドワード王は迷っている。

　なら、最後の一押しをしよう。

「……既に予想されておられるでしょうが、王国は不利な状況を打開するために休戦協定の裏で様々な策を考えております。たとえば、第六王子である僕を利用するのも一つの手でしょうね」

意味深にそう告げるも、エドワード王に動揺は見られない。その程度のことは、最初から予測済みだと言わんばかりに。

ただ、ヴァルロワの王子である僕がまさかそんなことを言うとは思ってもみなかったようで、僅かに眉を動かしたのを見逃さなかった。

「これをご覧ください」

懐から一通の書状を取り出し、エドワード王に差し出す。

「これは？」

「王国から僕……というより、僕の侍女であるマリエットに宛てられたものです。内容は『皇国内の情報収集をしつつ、僕が皇国内での立場を確立できるように』というもの。どうぞご確認ください」

エドワード王は書状を手に取り、目を通す。時折僕の様子を窺いながら。

「……何故これを余に見せた。これを証拠として、お主を処刑してもよいのだぞ」

「そのようなことはなさらないと信じております。僕は今後も、王国から受けた指示は全て陛下に報告するつもりですから」

そう言うと、僕は微笑んでみせた。

休戦状態とはいえ敵国を打倒したいのは、王国だけでなく皇国も同じ。

敵の思惑を予め知っていれば、それも容易くなる。

そもそも王国と休戦協定を結んだのは、病によってこれ以上戦を続けることが難しいと悟った、エドワード王の苦肉の策に過ぎない。

だが僕を介して敵国の情報を得ることによって、皇国はそれを逆手に取った次なる一手を打つことができる。

なら今の僕の価値は、エドワード王にとって計り知れない。

「エドワード陛下、いかがでしょうか」

「……王国もお主のような男を人質に差し出したのは、痛恨の極みというやつだろうな」

そう言うと、エドワード王は剣を鞘に納め、口の端を持ち上げた。

「よかろう。ギュスターヴ殿下の口車に乗ってやる」

「ありがとうございます」

エドワード王の言葉に、僕はゆっくりと頭を下げる。

今にも拳を突き上げ歓喜の声を上げたい気持ちを隠し、あくまでも余裕の態度で。

「それでは僕は、今も部屋の前で待ってくださっているアビゲイル殿下に結果を報告したいと思います。貴重なお時間を頂戴し、お礼申し上げます」

「構わん」

僕は席を立って再び頭を下げると、ゆっくりと扉へと向かう。

それに合わせるかのように、今までずっと無言のままエドワード王の後ろに控えていた黒髪の男性が、扉に手をかけた。

その時。

「……最後に一つだけ聞く。お主はどうして、王国を売るような真似をする」

「簡単です。王国は僕の敵ですから」

振り返り、そうはっきりと答えた。

僕の揺るぎない意志を理解したからなのか、彼は得心したとばかりに深く頷いた。

そうして僕は、部屋を出ると。

「ギュスターヴ殿下、それはどうなされたのですか……？」

待ち構えていたアビゲイルが抑揚のない声で尋ね……いや、少し声が震えている。よく見れば、その真紅の瞳も。

「何でもありません。それよりアビゲイル殿下、エドワード陛下との面会は上手く……」

「そのようなことは、聞いておりません。それより、あなた様がそれほどまでに傷ついている理由を尋ねているのです」

アビゲイルの指摘を受け、僕は自分の首に手を当ててみると、べっとりと血がつく。

「心配には及びません。見た目は酷いように思えるかもしれませんが、実際にはそれほどでも……」

「そういうことを言っているのではありません！」

「っ⁉」

アビゲイルはこちらに詰め寄ってきつつ、僅かではあるものの珍しく声を荒らげた。その瞳に怒りを……いや、これは悲しみだろうか。

「お願いですから、このような無茶は二度とお止めください。私は……あなた様を危険な目に遭わせるつもりなどなかった」

アビゲイルは俯き、拳を握りしめた。

「……どうして」

「…………………………」

「どうしてあなたは、僕なんかにそんな感情を見せる。あなたは『ギロチン皇女』で、たとえ処刑の場においても表情すら変えないじゃないか。それなのに、僕が首に傷を負った程度でそんなにも狼狽えて……あなたはそんな女性(ひと)じゃないだろう……っ」

よせばいいのに、僕はアビゲイルに絞り出すような声でそう言ってしまった。

傍にはブリジットやグレンもいるというのに。

それでも僕は、そんなことなどどうでもいいくらいに知りたくて仕方がなかったんだ。

ここで彼女が何を考えているのかを少しでも理解できれば、処刑されたあの日のアビゲイルを知ることができると思ったから。

「傷つくのは……この手を血で汚すのは、私だけでいい」

「アビゲイル殿下……？」

唇を噛み、顔を背けるアビゲイル。

それは僕の質問に答えたというよりも、まるで自分自身に訴えかけているように見えた。

その時。

「ハア……このような茶番を見せられても、面白くもなんともないですね。グレン、行きますわよ」

「はっ」

溜息を吐いたブリジットが吐き捨てるようにそう言うと、グレンを連れてこの場から去って行った。

「……もういいでしょう。これ以上私のことを、勘違いなさいませぬよう」

そう言うと、アビゲイルもまたどこかへ行ってしまった。

アビゲイル＝オブ＝ストラスクライドという女性がますます分からなくなってしまった、この僕を置き去りにして。

「ほう……ギュスターヴ殿下がそこまでお考えになられていたとは、正直驚きですな」

◇

その日の夜、訓練場でサイラス将軍の手ほどきを受けながら、僕はエドワード王との面会の目的及びその結果について話をした。

いつもの隠し部屋で秘密裏にそのことを伝えてもよかったが、稽古中という状況を利用したほうが、周囲……特にクレアから変に勘繰られずに済むと判断してのものだ。

「確かにそうなれば、姫様が女王となるための道筋ができたと言えなくもないですが、それでも、ご存じのように、皇国内での姫様の立場は決してよくはありませぬ」

「…………………」

サイラス将軍の言いたいことは理解できる。

皇国においてアビゲイルの評判は決してよいものではなく、むしろ多くの人々から恐れられ、恨まれている立場にある。

そんな中、二人の皇女のどちらを次の女王に求めるかと問われれば、現状ではブリジットが選ばれる未来しか見えないのも事実だ。

だが。

「そのことを、僕が考えていないとお思いですか？」

「む……ということは、ギュスターヴ殿下には何か策がおありなのですな」

サイラス将軍の言葉どおり、僕にはアビゲイルを女王とするための策がある。

今回『王選』という過去に行われた制度を引き合いに出したのも、アビゲイルが女王になるためにはそれしか方法がないと考えたから。

『王選』の規則上、王を除く皇国の重鎮十人で構成された『十人委員会』で選ばれさえすれば、否応なしに次の王と認められる。

皇国の軍部を司る『皇国の盾』サイラス将軍が十人のうちの一人に選ばれることは間違いないだろうが、残る九人のうちの半分がアビゲイルの支持に回るとは現時点では考えられない。

それでも、僕は今のこの状況をひっくり返してみせる。

死に戻る前の人生において得た、記憶と経験を駆使して。

「今はまだ話せませんが、なんとしてでもこの僕がアビゲイル殿下を勝たせてみせます。それこそが、王国の企みを挫く唯一の方法なのですから」

そうだ、彼女が勝利しなければ未来はない。待っているのは死に戻る前の、あの日なのだ。

僕も、アビゲイルも。

「とにかく、わしにできるのはギュスターヴ殿下を信じることのみ。貴殿がどのようにして姫様を女王へと押し上げるのか、楽しみにしておりますぞ」

そう言うと、サイラス将軍は破顔した。

「それより、実はサイラス将軍に折り入ってお願いがあるのですが……」

「わしに？」

「ええ、実は……」

◇

「まだ動きはない、か……」

窓の外の曇天(どんてん)の空を眺め、僕はぽつり、と呟く。

エドワード王との面会から今日で一か月。残念ながら皇国内において目立った動きはない。

僕が弱みを握っている以上、まさか約束を反故にするとは思えないが、それでも何かと理由をつけてのらりくらりと躱される可能性も否定できない。

ブリジットを女王にしたいエドワード王からしてみれば、『王選』を行うことでアビゲイルが女王になる可能性が出てくることを考慮すると、軽々(けいけい)に判断できないだろうことも理解できる。

でも。

（あの男のことだから、逆に間髪容れずに『王選』を開催すると思ったんだけどな……）

皇国内における二人の皇女の立場や評価を考えれば、ブリジットの勝利は盤石。

なら、僕達が余計なことをする前に『王選』を行い、全てを終わらせにくることだってあり得る。

むしろエドワード王の苛烈な性格と百戦錬磨のしたたかさを考えれば、そうするものだと思っていた。

実際面会の日以降、『王選』に向けてアビゲイルは少しでも多くの貴族の支持を集めようと、精力的に動いている。

状況は芳しくないが、それでも、今まではサイラス将軍くらいしか支援者がなかったんだ。少し増えた程度だったとしても、大きな一歩だと言えた。

だからこそ……エドワード王の反応がないのが不気味だ。

「マリエット、彼からの返信は？」

「……残念ながら、まだ届いておりません」

「そうか……ありがとう」

申し訳なさそうに俯くマリエットに、僕は優しく微笑みかけた。

彼女には、アビゲイルやサイラス将軍にも言っていない僕の狙いを伝えてある。アビゲイルの傍にクレアがいる以上、こちらの動きを悟らせないようにするためには、あまり存在を認識されていないマリエットだけが頼りだ。

特に、今回に限っては絶対に。

「皇国に来てからというもの、私はほとんどお役に立てておりません。殿下は私のために、言葉では言い表せないほどのものを与えてくださったというのに」

「大袈裟だな……。マリエットが役立たずなわけないだろう。王国を欺くために調整役のふりをしてくれているし、それに君という味方がいてくれるだけで心強い」

「殿下……っ」

僕の言葉に、感極まった表情を浮かべるマリエット。

死に戻る前の人生での彼女との違いに驚きつつも、こちらが本当の彼女なのだと知り、また、そんな彼女を救うことができたことを嬉しく思う。

「マリエット、これからも期待しているよ」

「はい。このマリエット、生涯を殿下に捧げます」

「はは……さすがにそれは重いな。でも、君に失望されないように、これからも頑張るよ」

静かな部屋の中、二人でそんなやり取りをしていると。

「おや？」

「誰か来られたようですね……」

扉を叩く音に僕は少し首を傾げ、マリエットは応対のために扉へと向かった。

「失礼いたします。国王陛下より、至急謁見の間に集まるようにとのことです」

エドワード王の侍従を務める黒髪の男性が、胸に手を当てて恭しく頭を下げた。

そうか……いよいよ。

「分かりました。マリエット、留守を頼む」

「はい。どうかお気をつけて……」

送り出してくれたマリエットに片手を上げると、僕は黒髪の男性の後に続いた。

「ギュスターヴ殿下は従者と仲がよろしいのですね」

「そうですね。僕にとって、大切な侍女であることは間違いありません」

黒髪の男性の問いかけに、僕は笑顔で答える。

そう……僕が王国への復讐を果たすために、重要な役割を担っているマリエットは何物にも代えがたい存在。

死に戻る前の記憶と知識、それに彼女の存在があるからこそ、僕は王国や聖女セシルを出し抜くことができるんだ。

「それはそれは……ということは、ひょっとしてあの女性をいずれ妾(めかけ)にとお考えだったり……」

「まさか。僕とマリエットは、あくまでも主従の関係。生涯の伴侶はアビゲイル殿下のみです」

「これは失礼いたしました」

「いえ」

少し不機嫌に答えたからなのか、黒髪の男性はすぐに謝罪した。

ただの世間話にしては失礼な発言。そこに何か意図があるのかは分からないが、いずれにせよ、あまり迂闊に答えないほうが無難だろう。

「そういえば、顔を合わせるのはこれで三回目だというのに、お互いに自己紹介もまだでしたね。今さらではありますが、僕の名はギュスターヴ＝デュ＝ヴァルロワです」

胸に手を当て、僕は白々しくも名乗ってみせた。

「……これは失礼いたしました。私の名はデーヴィッド＝ハミルトンと申します」

立ち止まった黒髪の男性……デーヴィッドは振り向いて名乗り、お辞儀をした。

改めて見ると彼は華奢で、とても端整かつ中性的な顔立ちをしている。オニキスの輝きをした瞳が印象的だ。

「ご丁寧にありがとうございます。では、まいりましょう」

「はい」

そうして、僕が謁見の間の隣にある控室へと通されようとした、その時。

「……ギュスターヴ殿下は、どうして陛下にあのようなご提案を？」

腕をつかみ、デーヴィッドが尋ねてきた。

黒の瞳に、どこまでも深い闇を湛えて。

「もちろん妻となるアビゲイル殿下に、女王になっていただきたいからですよ」

「ですから、それはどうしてなのかと聞いているのです」

僕の腕を握るデーヴィッドの手に力が入る。

エドワード王への忠誠からなのか、僕を危険人物とみなしてのものなのか、それとも、また別の理由があるのか……なんて、考えるまでもないな。

「僕には目的がある。デーヴィッド殿、あなたと同じように」

「っ!?」

僕の言葉に動揺したのか、彼は思わず僕をつかむ手を緩めた。

「では、これで失礼します」

「あ……っ」

デーヴィッドは慌てて再度手を伸ばそうとするが、それよりも先に僕は控室の中へと入り、扉が閉まった。

すると。

「「「「…………………………」」」」

既に来ていた面々が、僕を訝しげに見つめていた。

ただ、その視線の意味は人により様々だ。

貴族の面々の視線は、アビゲイルの婚約者とはいえ、王国の人質に過ぎない僕がいることを怪しんでのものだろう。ブリジットは今日の召集が一か月前のエドワード王との面会に関係しているのだと感づいたからなのか、『妖精姫』らしからぬ険しい表情をしていた。

そして、僕の婚約者であるアビゲイルは。

「…………」

表情を変えず冷ややかな視線を送っているが、彼女の真紅の瞳には何か別の色を湛えているように思えた。

だから。

「あ……」

「大丈夫です。きっと、あなたの望むままに……」

アビゲイルの手を握り、僕は微笑みを湛えそっと囁く。

すると、彼女の身体が少し強張るのを感じた。

エドワード王との謁見の場で、戦いの幕が切って落とされる。

アビゲイルが女王となるための……僕が復讐を果たすための、最初の戦いが始まるんだ。

第五章

「ヴァルロワ王国との休戦協定が結ばれた今こそ、我々は皇国の中に目を向けねばならん。よって余は宣言しよう！　次の王を決めるための、『王選』を行うことを！」

玉座から勢いよく立ち上がり、エドワード王は居並ぶ貴族、そして二人の皇女へ向け高らかに告げた。

あの面会から一か月の間、『金獅子王』の異名を持つ英雄は何を考え、何に時間を費やしたのかは分からないが、これでようやく始まりを告げたんだ。

貴族達はエドワード王の宣言に、動揺を隠せていない。

当然だ。まさか次の女王を決めるために、過去に一度だけ行われた『王選』を持ち出すなど夢にも思わなかった……いや、違うな。

次の女王はブリジットに無条件で決まるものと思っていたのに、そうはならなかったことに驚いているんだ。

「なるほど……あの面談は、この時のためだったわけですね」

僕を見やり、ブリジットは微笑みすら湛えて、そう告げる。

だが、エメラルドの瞳には明らかに怒りが滲んでいた。この女もまた、他の貴族と同様に、僕が余計な真似をしなければ、自分が無条件で女王になると信じていたのだろう。

とはいえ、皇国内の自分の立場は盤石であり、アビゲイルとは歴然の差があることを理解しているからだろう。怒りの中にも余裕と嘲りが見て取れる。

「アビゲイル、前へ！」

「はい」

アビゲイルは立ち上がってエドワード王の前へ出ると、振り返るように促される。

僕達へ向ける彼女の表情は、いつものように変化に乏しく何を考えているのか分からない。この場にいるほぼ全ての者が、そう感じているだろう。

だけど僕には分かる。アビゲイルがこの『王選』に並々ならぬ決意を秘め、挑んでいることを。

「続いてブリジット、前へ！」

「はい」

ブリジットは立ち上がり、同じくエドワード王の前に出ると、優雅に振り返って微笑んでみせた。

謁見の間の多くの男達があの女に魅了され、ほう、と息を漏らす。

その姿は、まさに『妖精姫』と呼ぶに相応しいだろう。

残念ながら、その笑顔の裏に秘めた驕りに僕は気づいているが。

「『王選』を始めるに当たり、余は二週間後に『十人委員会』を召集。その場で過半数の支持を得たいずれかを、次の女王に任命する！　よいな！」

「「「「は……はっ！」」」」

貴族達は跪き、首を垂れる。

僅かに顔を上げ見やると、エドワード王はやや不機嫌な様子。

元々エドワード王に『王選』をするつもりがなく、僕との約束……いや、この場合は脅しか。それによってこのような展開となってしまったのだから、彼としても面白くないのだろう。

ひょっとしたら、今日の宣言を迎えるまでに一か月もの時間を要したのも、エドワード王のそんな不満がそうさせたのかもしれないな。

「なお、『十人委員会』の選出については、召集日当日に通達する。よってここにいる者は、その時まで皇都の外に出ることはまかりならん」

「「「「ははっ！」」」」

この謁見の間にいる貴族の数は、およそ百。そのほとんどが伯爵以上の高い身分であるとはいえ、それでもかなりの数だ。

『王選』当日まで誰が『十人委員会』に選ばれるのかを内密にし、それまで裏工作ができないようにしたのだろう。

そうやってアビゲイルが……僕達が何も手を打てなくなるようにして、ブリジットが次の女王に選ばれるという結果を盤石なものにするために。

（はは……『金獅子王』と呼ばれているくせに、意外と小さいことをするじゃないか）

今も険しい表情をするエドワード王を見やり、僕は口の端を持ち上げる。

確かにこれで、僕達が貴族へ働きかけを行うことが困難になったのは事実。だけどそれは、ブリジット側も同じ。僕達にも、まだ勝機はある。

だから。

（何があろうとこの僕が、あなたを女王にしてみせる）

居並ぶ貴族達の前で堂々と立つアビゲイルへ向け、僕は力強く頷いてみせた。

◇

エドワード王による『王選』開催の宣言を受け、アビゲイル、ブリジットの両陣営は慌ただしく動き出した。

もちろん、次の女王が決まるまで皇都で控えている貴族達に、自分への支持を取りつけるためにだ。

ブリジットはただでさえ有利な状況ながら積極的に貴族と面会をしており、余念がない。

「ギュスターヴ殿下、どうするのですか。このままでは姫様が負けてしまいますぞ」

皇宮の外れにある隠し部屋で、サイラス将軍が苛立ちを隠すことなく尋ねてきた。

アビゲイルもかなり動いているが、貴族達の反応は芳しくなく、中には面会を拒絶する貴族もいる。

やはり罪人であるとはいえ、多くの人々を処刑してきたアビゲイル。中には汚職をした貴族などもおり、その者と縁のあった者をはじめ、彼女に忌避感を抱いている者は少なくない。

（エドワード王……あなたの思惑は、上手くいっていますよ）

唇を噛み、僕は拳を握りしめる。

とはいえ、これは最初から想定内。『王選』に勝つための策は、別にある。

「サイラス、落ち着きなさい」

「姫様、ですが……」

「このような状況になったのは、全て私の不徳の致すところ。むしろギュスターヴ殿下のおかげで、私はブリジットとの戦いの場に立つことができたのです。そうでなければ、私が女王になる可能性など、それこそ万に一つもなかったでしょう」

「そ、それは……」

「ギュスターヴ殿下も、どうかお気になさらず」

アビゲイルは僅かに視線を逸らし、抑揚のない声で告げる。

その後ろにクレアが控えているが、この状況をどこか嗤っているようにも見えた。

どうしてブリジット側であるクレアを、以前と変わらずこの隠し部屋に連れてきているのかって？

もちろん、僕達の窮状を包み隠さずブリジットに報告させるためだ。

そうすることでブリジットを油断させるという目的もあるが、何よりクレアは、先のエドワード王との面会での内容をつかむことができないという、間者としてあるまじき失態を演じてしまった。

次はないだけに、クレアは必死になるはず。

その焦りによって、この女にもう一度大いに失敗してもらおうじゃないか。

そうすることで、ブリジットからクレアを離間させることができるのだから。

「いずれにしても、僕達は『王選』に向けて貴族の支持を取りつける以外に方法はありません。アビゲイル殿下もお辛いでしょうが、どうか頑張ってください」

「もちろんです。あなた様が切り開いてくださったこの道を、閉じさせるわけにはいきませんから」

アビゲイルにしては珍しく、よく通る声ではっきりと告げた。

それだけ彼女も、覚悟と決意をもって挑んでいるということだ。

「では、今日のところはここまでにしましょう。アビゲイル殿下は明日も朝早くから貴族との面会があるのですから」

「はい」

そうして今夜はお開きとなり、僕とアビゲイルは自分の部屋へ、サイラス将軍は皇都内の屋敷へと帰ろうとして。

「もうお分かりになられたのでは？　いくら手を打とうとも、アビゲイル殿下に勝ち目がないことを」

すれ違いざまに、クレアがそう囁いた。

「勝負は最後まで分からない。それよりも、正体を見破っているにもかかわらず貴様が同席を許されていることを、よく考えるんだな」

「ええ、考えておりますよ。つまりギュスターヴ殿下よりも、アビゲイル殿下はこの私を信頼してくださっているということです」

どうやらクレアの奴は、僕が彼女のことをアビゲイルに伝えた上であっても、アビゲイルにブリジットの間者であることを疑われていないと思っているらしい。

きっとこの女は、敵国の人質よりも長年連れ添った従者のほうが信頼されているとでも思っているのだろうな。

僕に正体を見抜かれても、こうやって同席を許されていることが何よりの証拠だと。

ただ僕が、アビゲイルやサイラス将軍にはまだクレアの正体を明かしていないだけだというのに。

まあ、そうやって都合のいいように勘違いしていてくれ。

そうすることで、僕達はブリジットの鼻を明かすことができるのだから。

◇

「まだ来ないか……」

『十人委員会』の召集日を三日後に控え、僕は苛立ちを隠せないでいた。

アビゲイルの貴族達への働きかけは相変わらず上手くいかず、逆にブリジットは多くの支持者を集めるに至っている。

皇国の軍部を司っているだけに、サイラス将軍が『十人委員会』から外される可能性は極めて低いと考えているものの、所詮は十人のうちの一人に過ぎない。

せめて互角に争うためには、あと四人の支持者が必要。目星をつけようと思っても、皇族の血を引く公爵家の多くは既にブリジットの手の内。次に身分の高い侯爵家の半分以上がブリジットに傾き、残りは静観という状況になっている。

逆転の一手を打つための種は既に蒔いてある。後はただ待つしかないのだが、何もできないことがもどかしい……って。

「マリエット……」

「大丈夫です。ギュスターヴ殿下は全てを尽くされました。なら、きっとその想いは届いているはずです。この私の時と、同じように」

空になったカップにお茶を注ぎ、マリエットはそう告げる。

そう、だな……僕はやれることをやり尽くした。なら、ここで弱気になってどうする。

「ありがとう。やはり君は、僕にとってなくてはならない存在だ」

「……ありがとうございます」

珍しくマリエットは素っ気ない態度を見せ、そのまま離れていってしまった。

感謝の言葉を告げただけで、気分を害するようなことは言っていないはずなのに……

何とも言えない気分になり、僕はなみなみと注がれたお茶を口に含む。

その時。

「……少々お待ちください」

部屋を訪れた誰かの応対をしてくれたマリエットが、扉を閉めて戻ってくる。

「マリエット、どうした?」

「お喜びください。とうとう待ち人がいらっしゃいました」

「! 本当か!」

マリエットの言葉に興奮してしまい、僕は思わず彼女の両肩をつかんでしまった。

俯いた彼女を見てそのことに気づき、慌てて手を放す。

「そ、その……すまない……」

「わ、私は大丈夫ですので、それよりも」

「分かった」

僅かに頬を赤く染めたマリエットに促され、僕は入り口へと向かうと。

「これは失礼しました。お取込み中でしたでしょうか」

訪れたのは、デーヴィッドだった。

「いえ、問題ありません。それで……」

「ギュスターヴ殿下、国王陛下がお呼びです」

デーヴィッドは短くそう告げる。

（……これは、僕が期待していた展開とは違うが……）

彼の表情を窺うが、前回謁見の間へ呼びに来た時と何ら変わりはない。

少し肩を落としてしまうものの、いずれにせよエドワード王が呼んでいるというのなら、会わないわけにはいかない。

僕はデーヴィッドに連れられ、エドワード王が待つとされるサロンへと向かった。

だが。

「誰もいない……？」

ひょっとして、エドワード王は遅れてくるのだろうか。

僕は首を傾げつつ、席へと着いた。

すると。

「実はギュスターヴ殿下に、色々とお尋ねしたいことがあったのですよ」

ティーカップを置いたかと思うと、デーヴィッドは僕の正面に座った。つまり、用があるのはエドワード王ではなく、デーヴィッド自身だということに他ならない。

（ようやく釣れたか……っ！）

歓喜で握りしめた拳を高々と突き上げたくなるが、僕はあくまでも平静を装い、笑顔でゆっくりと頷く。

そう……目の前の男こそが、僕の待ち人なのだ。

「おや？　私が嘘を吐いて連れ出したというのに、驚きもしないのですね」

白々しくもそんなことを告げるデーヴィッドに、僕は含みのある笑みを浮かべると。

「そうですね。こういった機会がいずれ訪れるであろうことは、分かっていましたので」

「……まあいいでしょう。それで、ギュスターヴ殿下は何が狙いなのでしょうか」

デーヴィッドの様子が一変し、鋭い視線を向け尋ねる。

だが、僕の答えは決まっている。

「もちろん、アビゲイル殿下を次の女王にすることですよ」

「それはあくまでも過程であり、本当の目的は違う。ですよね？」

「……さあ、どうでしょうか」

デーヴィッドに詰め寄られるも、僕は惚(とぼ)けてお茶を口に含む。

僕の口から告げてもいいが、できれば彼自身からその言葉を引き出したい。

彼の目的が、僕の考えと同じであることがはっきりとしない以上は。

「……ではこうしましょう。ギュスターヴ殿下が目的をおっしゃっていただけるなら、私はアビゲイル殿下を女王の座に就(つ)かせることをお約束いたします」

「へえ……一介の侍従に過ぎないあなたに、そんなことができるとは到底思えないですね」

デーヴィッドのまさかの提案を、僕は鼻で笑ってみせる。

きっと僕が目的を告げたところで、彼がそのようなことをするとは思えない。ただ騙され、破滅してしまうのがオチだ。

それよりも、煽りに煽って本音を引き出してやるのがいいだろう。

「ああ、そうですね。所詮はヴァルロワ王国の田舎（いなか）からやってきた、人質としての価値もないギュスターヴ殿下では、私のことをご存じないのも仕方ありません」

「よく分かっておられるじゃないですか。僕が無価値な人間だということを。……でも、あなたの目的を果たせるのは僕だけ。なら、あなたからしてみれば僕は価値のある人間だということ」

相手の言葉をのらりくらりと躱しつつ、さりげなく本題を織り交ぜる。

お前が何者なのかなど、最初から分かっているのだと知らしめるために。

お前の考えなど、全てお見通しなのだと分からせてやるために。

「……やれやれ。まさか殿下がこんなにも交渉上手だとは、思いもよりませんでしたよ。しかも、私が誰なのか、よくご存じのようだ。王国どころか皇国内にすら、私を知る者はエドワード王を含めほぼいないというのに」

「おや？　『陛下』の敬称を付けなくてもよろしいのですか？」

「今さらでしょう。私にとって仕えるべきは……いえ、私は誰に仕えるつもりもない」

「そうでしょうね。何故ならあなたもまた、王なのですから」

「っ!?」

澄ましてお茶を飲みつつ放った僕の言葉に、さすがのデーヴィッドも目を見開き、息を呑んだ。

そう……僕はこの男のことを、よく知っている。

かつてこのブリント島の西部には、ストラスクライド皇国のほかにも小さないくつかの国々があった。

それらは互いに団結して連合を築き、皇国と互角の立場を貫いてきたが、ヴァルロワ王国との長きにわたる戦が全てを変えてしまった。

ブリント島において皇国がこれ以上勢力を拡大することをよしとしない小国連合は、王国と手を結んだのだ。

それを知った皇国の先代の王は、後顧(こうこ)の憂いを断つため王国打倒の前に小国連合の平定に乗り出した。

圧倒的な強さを誇る皇国は次々と国を打ち滅ぼし、一年も経たないうちに全てを併合してしまう。

もう言わなくても分かるだろう。

目の前のこの男こそが、皇国によって滅亡の憂き目に遭った小国の一つ、グリフィズ王国に遺(のこ)された、最後の王族。

「あなたの本当の名はダビド＝アプ＝グリフィズ。グリフィズ王国の正統継承者……ですね」

僕がはっきりと告げると、デーヴィッドは押し黙る。それが事実なのだと、言外に示すように。

「滅亡したグリフィズ王国の仇を討ち、いずれ再興を果たすためにあなたはエドワード王に近づいた。今もあなたは、その時を虎視眈々と狙っている」

「…………」

「エドワード王が病に冒されていることを、僕を除けば唯一ご存じなあなたのことだ。エドワード王が最期の時を迎える際に、復讐を果たそうと考えているのでしょうね」

「……一介の王子に過ぎない殿下が、どうしてそこまで知っている」

デーヴィッドが険しい表情で僕を睨み、聞いたことのないような恐ろしく低い声で尋ねる。

確かに不思議でしょうがないだろうな。何せ自分の正体を、つい数か月前に王国からやってきた、使い捨ての第六王子が知っているのだから。

「別に不思議ではないでしょう。かつて王国と小国連合は手を結んでいた。なら、小国連合のその後を把握していたっておかしくない」

もちろんこれは嘘だ。

僕がこの男を知っているのは、あくまでも死に戻る前の人生において情報を得たからに過ぎない。

エドワード王が崩御した直後、忽然と姿を消した一人の侍従の正体を。

あの時は皇国内を動揺させないため、あくまでも病死扱いとされたエドワード王だが、本当は違う。

エドワード王の爪に見られる縞模様……あれこそが、毒に冒されているという証拠。

おそらく侍従として傍にいるデーヴィッドが、少しずつ食事に毒を忍ばせているのだろう。

死に戻る前の人生では、毒殺であるということに気づいたアビゲイルがデーヴィッドの行方を追うも、ついに見つけることができなかった。

ただ、その過程でデーヴィッドの素性が明らかになり、なおさら事実を伏せることにしたんだ。

これ以上、同じような者が現れないように。

何せ皇国が滅ぼした国は、グリフィズ王国だけに留まらないのだから。

ただ、残念ながらアビゲイルの必死の対応も水泡に帰す。

グリフィズ王国の建国という、予想だにしない結末を迎えて。

「……このことを、エドワード王に言うつもりですか？」

「まさか。どうしてこの僕が、そんなことをしなければならないのですか」

デーヴィッドの問いかけに、僕は両手を広げ大仰に答えてみせた。

正直、ブリジットを女王にするためにアビゲイルに『ギロチン皇女』などという役割を押しつけ、蔑ろにしているあの男のことを、この僕がよく思うはずがないじゃないか。

「では、あなた様も皇国打倒を……」

「違いますね。僕が打倒したいのは、皇国ではなく王国なのですから」

「なんと……」

まさか王国の王子である僕が、生まれ故郷を滅亡させようと考えているとは思いもよらなかったようで、デーヴィッドは言葉を失っていた。

そうだ。僕の目的はあくまでも王国と聖女セシルへの復讐。アビゲイルを女王にすることも、目の前の男にそう告げたのも、全ては復讐のためだ。

(……ああ、それ以外にない)

もやもやした感情を打ち消すかのように、僕は心の中でそう自分に言い聞かせた。

「ですので僕もまた、エドワード王とブリジット皇女の存在が邪魔なのです。それに……」

「それに……?」

「アビゲイル殿下が女王となれば、ダビド陛下の悲願である、グリフィズ王国の再興を果たすことも叶うでしょう」

これこそが、僕がこの男に提示したかった最大の利点。

女王となったアビゲイルの手によって、かつての小国連合を復興させること。

死に戻る前の人生においてもそれは叶っていなかったんだ。この男にとって、これほど魅力的な誘惑はないだろう。

「……ギュスターヴ殿下は、この私に何を求めているのですか？」

「それは……」

僕はデーヴィッドに近づき、そっと耳打ちした。

「そのようなこと、この私にできるとお思いなのですか……？」

「できるはずです。皇国の貴族には、グリフィズ王国と同じように祖国を滅ぼされてしまった者も多い。それに……あなたは持っているでしょう？　それを可能にするだけの財産と情報を」

死に戻る前の人生において、エドワード王の崩御後アビゲイル達を散々翻弄し、瞬く間にグリフィズ王国を再興してみせたデーヴィッド。それだけの準備を、これからの二年間で行えるわけがないんだ。

つまりこの男は、既にエドワード王が崩御するその時に向け、準備を行っているということ。

グリフィズ王国を、再興させるために。

「……まさかギュスターヴ殿下によって私の計画が全て瓦解してしまうとは、思いもよりませんでした」

「その言葉は正しくない。何故なら、エドワード王の死とグリフィズ王国の再興は約束されているのですから」

そう言うと、どちらからというでもなく右手を差し出し、握手を交わす僕とデーヴィッド。

彼の手は、皇国への復讐、そして王国の再興への熱を帯びていた。

◇

「……結局、私を支持してくださる貴族は八名に留まりました」

『王選』が行われる日の前夜、例の隠し部屋でアビゲイルが静かに告げる。

表情などに変化はないが、僕にはとても気落ちしているように見えた。

「ま、まだ分かりませぬぞ！　要はその八名のうち四名が選ばれれば、少なくとも『王選』に敗れることはないのですからな！」

アビゲイルを慰めるように、サイラス将軍はいつもよりも大きな声でそう話すが、その可能性は無きに等しい。それに、アビゲイルを支持すると言った貴族達も、全て伯爵位の者。『十人委員会』に召集がかかるとは、到底思えない。

それでも。

「アビゲイル殿下。支持をしてくださった八人の貴族は、大切になさってください。あなたの置かれている状況を知りながら、それでもなお、あなたに賭けてくださったのですから」

「そう、ですね……」

僕の言葉を、アビゲイルは噛みしめながら、頷く。

こと『王選』においては取るに足らない成果かもしれないが、それでも、アビゲイルにとっては
サイラス将軍を除き、初めて手に入れた数少ない味方。

自分が決して一人ではないことを示す、大きな成果なのだから。

「ギュスターヴ殿下のその口振りからして、まるで勝利を諦めていないようにも受け取れますな」

「当たり前じゃないですか。僕はいついかなる時も、アビゲイル殿下の勝利を信じていますよ」

「はっは！　それは頼もしい！」

ご機嫌になったサイラス将軍が、僕の背中を思いきり叩いた。

少々痛いが、それで雰囲気が明るくなったのは助かる。

「……ありがとうございます」

「アビゲイル殿下？」

「ギュスターヴ殿下のおかげで私が女王になれる可能性が生まれました。サイラスは幼い頃か
ら……お母様が生きていらっしゃった頃からずっと、この私を支え続けてくれました。お二人にお
返しできるものは何もありませんが、それでも、私は明日、自分ができることを果たしたいと思い
ます」

そう言うと、アビゲイルは深々と頭を下げた。

「それは困りますね。是非ともアビゲイル殿下には、『王選』の勝利をもって僕達に恩返しをしていただかないと」

「そうですな。そうでなければ、わし等も浮かばれませんわい」

「ギュスターヴ殿下……サイラス……分かりました」

真紅の瞳を揺らし、アビゲイルは呟く。

さあ……いよいよ明日、僕達は一世一代の戦いの舞台に立つ。

これに勝利することが、僕の復讐に繋がるのだと信じて。

覚悟と決意を秘め、僕達三人は頷き合う。

そんな中。

「…………………………」

独り蚊帳の外のクレアは、僕達を見つめ複雑な表情を浮かべていた。

きっとこの女は、こう思っていることだろう。

逆立ちをしたところで勝利はあり得ない。勝つのはブリジットなのだと。

ああ、そうだな。貴様の目に映るこの状況では、確かに勝ち目はないように見えるだろう。

だが……だからこそ、刮目しろ。

――貴様が裏切った『ギロチン皇女』が、この国の女王に選ばれる瞬間を。

◇

「では、行ってまいりますわい」

僕の肩を叩き、サイラス将軍は部屋の中へ入る。

思ったとおり、彼は『十人委員会』の一人に選ばれた。

その他の者達も、皇族の血を引く公爵や皇国を支える大臣、辺境を預かり守る伯爵など、皇国の重鎮ばかり。

アビゲイルを支持する貴族は、一人も選ばれなかった。

「あのお姉様が、初めて積極的に動かれたのです。できれば少しでも報われてほしいと思ったんですが……」

「ブリジット……」

アビゲイルの隣を通り過ぎながら、ブリジットが心にもないことを告げる。

きっとこの女の心は、晴れ晴れとしていることだろう。

これで名実ともに、この国の女王になることが決定づけられた。そう思っているはずだから。

「……私は今でも、ギュスターヴ殿下には一緒に皇国を支えてほしいと思っておりますよ」

あれほど明確に拒否をしたというのに、まだ僕を引き抜くことを諦めていなかったのか。

というより、この場合はアビゲイルを孤立させ、さらに追い詰めるために僕を利用していると考えたほうが正しいかな。

まあ、いずれにせよ。

「まさか。僕は婚約者であるアビゲイル殿下と、この先もずっと共にあり続けますよ」

「ハア……残念ですね。お姉様と心中なさるおつもりだなんて」

この期に及んでもアビゲイルを支持する僕が気に入らないのだろう。ブリジットは溜息を吐きかぶりを振ると、同行していたグレンを一目見やってから、一人部屋の中へと入っていった……って。

「アビゲイル殿下……？」

「どうしてあなた様は……っ」

いつの間にか前に立っていたアビゲイルが、僕の顔を見上げていた。

相変わらず表情に変化は見られないが、真紅の瞳は動揺の色を隠せていない。

「ひょっとして、ブリジット殿下の誘いを断ったことについてですか？」

「もうお分かりでしょう？『十人委員会』に私を支持してくれる人は、サイラスしかおりません。

私の敗北は決まったんです。なのに、どうして……」

「……初めてだったんです」

「え……？」

唇を噛むアビゲイルだったが、僕の呟きを聞き、声を漏らす。

「これまで僕は、国王である父親に家族なのだと認めてもらいたくて、兄達に弟なのだと認めてほしくて、彼等のために努力を重ね、尽くしてきました。」

「あの……」

「それでも彼等は、僕のことを見てくれることはありませんでした」

そう……死に戻る前の人生で、僕は家族から愛されることを求めていた。

特別でなくてもいい。ただ人並みに、息子だと……弟だと……家族だと認めてほしかっただけなんだ。

でもあの連中が、僕を家族と認めることは永遠になかった。

「その事実を受け入れたくなくて、振り向いてもらうためにもっと努力しようと考えた僕に、聖女セシルが寄り添ってくれたんです」

「聖女というのは、ひょっとして……」

「でもあの女も、所詮は僕を利用するために近づいただけ。結局、僕のことを気にかけてくれる者など、どこにもいませんでした」

「…………………………」

処刑されるあの日の光景を思い浮かべ、僕は振り払うようにかぶりを振る。

「でも」

「でも……？」

「あなただけが……アビゲイル殿下だけが、僕のことを無条件で気にかけてくれたんだ。それだけで、僕はあなたに全てを賭ける価値がある。たとえ負け戦でも、たとえ女王になれなかったとしても」

「ギュスターヴ殿下……」

「さあどうか、『王選』の舞台で思う存分戦ってきてください。僕はここで、あなたの勝利を信じています」

アビゲイルの背中を押し、僕は精一杯の笑顔を見せた。

そうだ。僕は少しも諦めてなどいない。

今日、この日のためにやれることはやり尽くした。なら、どこに諦める要素がある。

今日勝利するために必要なものを、全て積み上げたのだから。

「……行ってきます。私の……いえ、私達の勝利のために」

「はい！」

いつもの冷たい表情……いや、違う。いつもとはまるで正反対の、決意と覚悟、それに情熱を秘めた表情を浮かべ、アビゲイルは『王選』の舞台となる部屋の扉を潜る。

僕はその華奢で小さな背中を見送り、そして――

――扉は、ゆっくりと閉ざされた。


「さて……」

息を吐き、僕はゆっくりと顔を上げる。

その時。

「ギュスターヴ殿下、話がある」

騎士団長のグレンが、声をかけてきた。

◆

「ただ今より、『王選』の儀を執り行う！　これより先は『十人委員会』に委ねることを、皆、心せよ！」

エドワード王の宣言により、『王選』の幕が切って落とされた。

『王選』における次の王の選定は、『十人委員会』に選ばれた十人による投票の結果によって行われ、過半数を超えた者こそが次の王となる。ただ、構成員の数は十人のため、同数となることもある。

その場合は、王の裁量によって次の王を決められることとなるのだ。

つまり、アビゲイルが勝利するためには、構成員六人以上の票を集めるよりほかない。

「ではロックウェルよ、以降の進行はお主が執り行うのだ」

エドワード王の命を受け、小太りの男が一歩前に出た。

彼の名はクロム＝ロックウェル。皇国建国時の王弟の末裔（まつえい）……当代のロックウェル公爵である。

つまり、『十人委員会』において最もエドワード王からの信任が厚い者。

「国王陛下より『十人委員会』の一人を拝命いたしました、ロックウェルです。ここからは私が代表し、『王選』を執り行わせていただきます。その前に」

ロックウェル公爵はちらり、とアビゲイル、そしてブリジットへと視線を向ける。

「『王選』に際し、アビゲイル、ブリジット両殿下よりお言葉をいただきます。さあ、お二人は存分に我々『十人委員会』にその思いを述べてください」

両手を広げ、ロックウェル公爵は大仰に告げた。

これが二人にとって、投票権を持つ十人へ訴える最後の機会になる。

「では、まずはブリジット殿下から」

「ウフフ……はい」

ロックウェル公爵の使命を受け、ブリジットは一歩前に出た。

その顔には勝利を確信しているかのような、余裕の微笑みを湛えている。

「……本当は、このような形でお姉様と争いたくはありませんでした。皇国を愛する思いは、互いに変わりませんもの」

打って変わり、ブリジットは愁いを帯びた表情で静かに話し始める。

「ですが、女王となれるのは一人だけ。ならこの私が、その重責を担うほかありません。幸いにも私を、多くの方々が支えてくださっております。お父様である国王陛下、『十人委員会』の皆様、ここにいらっしゃらない貴族、兵士達……いえ、国民の全てが」

エメラルド色の瞳が輝きを増し、ブリジットは『十人委員会』の面々に訴えかける。

表情も先程まで見せていた余裕や愁いはどこにもなく、その姿はただ純粋にこの国を想う一人の王女だった。

（あなたには……いいえ、あなただからこそ、そんな表情ができるのね）

今も声高に訴えるブリジットを見つめ、アビゲイルは思う。

ブリジットとて、なんの苦労もなく今の地位にいるわけではない。彼女もまた『妖精姫』と呼ばれ多くの国民から羨望を一心に受け続けているのだ。その重圧は計り知れず、アビゲイルとはまた別の苦しみを抱えているのだろう、と。

それでもなお、こうして『妖精姫』を演じ続け、その期待に応えているブリジットを、アビゲイルは心の中で素直に称賛した。

それでも。

（私は、ただ指を咥えて負けるわけにはいかない……いいえ、負けたくない……っ）

『ギロチン皇女』と呼ばれ、多くの者から疎まれ、必要とされなくても、それでも自分を信じ支えてくれる人がいる。

何より。

『さあどうか、『王選』の舞台で思う存分戦ってきてください。僕はここで、あなたの勝利を信じています』

初めて出逢ったあの日から、ずっと寄り添ってくれた彼が……ギュスターヴがいる。

あれだけ冷たくしたのに。幾度となく突き放そうとしたのに。

たとえその全ての行動が、彼を想ってのものだったとしても。

だからこそ、アビゲイルは戦いを挑む。

ただ一人勝利を信じ続けている、ギュスターヴの想いに応えるために。

「続いて、アビゲイル殿下」

ブリジットの最後の訴えが終わり、エドワード王を含めた多くの者による拍手が鳴り止まぬ中、ロックウェル公爵がアビゲイルの名を呼んだ。

アビゲイルは天井を見上げ、静かに目を閉じると。

「はい」

その真紅の瞳で前を見据え、一歩前に出る。

その小さな胸に、想いと覚悟、勇気を秘めて。

そして、すう、と息を吸うと。

「私は『ギロチン皇女』、アビゲイル＝オブ＝ストラスクライドです」

「「「「っ⁉」」」」

アビゲイルの放った最初の一言に、部屋の中にいた者達の表情が凍りつく。

印象の悪い二つ名を己自身で肯定するなど、この『王選』の場において悪手に他ならない。これでは、女王の座を自ら捨てるようなものではないか、と。

一方で、ブリジットはどこか満足げな表情を浮かべた。アビゲイル自ら勝負を下りるのだ、拍子抜けではあるものの、彼女が勝利を確信するに十分だった。

だが。

「私はその役割を受け入れ、罪人とはいえ多くの者をこの手で死に追いやりました。全ては、皇国のために。それが皇国のためになるのだと、そう信じて」

「「「「…………………………」」」」

「きっと国民は、私が人の血を求める怪物だと思っていることでしょう。ええ、多くの者から疎まれ、恐れられていることも分かっております。でも、それでも……っ」

声を詰まらせ、悲痛な表情を見せるアビゲイル。

それは彼女にとって『ギロチン皇女』という役割が、それほどまでに苦痛を強いられるものだったのだと窺わせるものだった。

当然だ。誰が好き好んで、処刑をしたいと思うだろうか。

しかしアビゲイルは、僅か十歳の頃から処刑執行という役割をエドワード王から強制され、今もその苦しみを受け続けているのだ。

サイラスを筆頭に、『十人委員会』の構成員達は思わず眉根を寄せ、顔を逸らしてしまう。

『ギロチン皇女』という役割はエドワード王がアビゲイルに強いているものではあるが、彼等もまたその現状を受け入れてきたのだから。

「……私はこの国の女王になりたい。誰一人として、苦しまなくて済むように。私のような怪物を、生み出さなくても済むように。そのためならば」

アビゲイルは構成員達を、ブリジットを、そしてエドワード王を見ると。

「私はこの手を赤く染めてでも……怪物になることも厭わない」

凛とした声で、その紅く小さな口から言葉を解き放った。

ふう、と息を吐き、アビゲイルは恭しく一礼をして下がる。

その姿には、表情には、全てをやり切ったかのような、そんな清々しさがあった。

……いや、それだけではない。ストラスクライド皇国のために己の全てを懸けるのだという想いと覚悟が、アビゲイルという女性を輝かせていた。

そんな彼女に、『十人委員会』の構成員達はブリジットの時のように拍手を送ることもせず、皆一様に声を失っていた。

『ギロチン皇女』である彼女に気圧され、慄いて？　違う。

アビゲイル＝オブ＝ストラスクライドが持つ高潔な精神を目の当たりにし、不覚にも心を震わせてしまったのだ。

「ロックウェル、何をしている」

「……あ。い、いや、失礼」

顔をしかめるエドワード王にたしなめられ、ロックウェル公爵は咳払いをする。

「そ、それでは、投票を行います。一番手、マイルズ＝フレッチャー！」

名前を呼ばれたストラスクライド皇国の宰相フレッチャーは、記された名が見えないように札を投票箱へと入れる。

このように構成員が順に投票する者の名を記した札を入れ、全ての札を入れ終わった後に、十人と王の手によって投票結果を確認するのだ。

「次！　サイラス＝ガーランド！」

「むぐ……お、おう！」

鼻を拭った後、サイラスは部屋中に響き渡る声で返事して、投票箱の前まで悠然と歩くと。

「はっは！　わしが投票するのはアビゲイル殿下ただ一人よ！」

なんと札を王や構成員、二人の皇女に堂々と見せつけた後、投票箱の中へと入れた。『どうだ、これが敬愛すべき我が主君なのだ』と、誇らしげに言わんばかりに。

「お姉様、よかったですわね。一票入りましたよ」

「……そうね」

「これで私が、満票で次の女王に選ばれるという結末を迎えることはできなくなってしまいました。待っているのは、九対一という結末ですね」

先程のアビゲイルの言葉を聞き面白くないブリジットだが、それでも自身の勝利は揺るがない。そう確信しているブリジットはこの上ないほど勝ち誇った笑みを浮かべ、隣に立つアビゲイルを挑発する。おそらく、サイラスを除く九人の構成員はブリジットの支持者なのだろう。

だというのに。

「まだ」

「？　お姉様？」

「まだ、勝負は分からない」

勝利の笑みを浮かべるブリジットに、アビゲイルは冷たい視線を向けて告げる。

真紅の瞳に、勝利への執念と希望を秘めて。

「フフ……ウフフフフフフ！　お姉様、面白い冗談ですわ！　この期に及んで、まだそんなことをおっしゃるなんて！」

ブリジットは嗤う。アビゲイルを心の底から馬鹿にするかのように。

だが、彼女のエメラルドの瞳は一切笑ってはいなかった。……いや、それどころか怒りすら湛えていた。

「現実をご覧になってください。サイラス将軍を除けば、後は全て私を支援してくれる者ばかり。お姉様が次の女王に選ばれる可能性はないんですよ」

打って変わり、ブリジットは険しい表情で吐き捨てるように告げる。

そこには、『妖精姫』と称賛され多くの国民の羨望を集めるブリジットが、『ギロチン皇女』と呼ばれ皇国の内外から疎まれるアビゲイルと、皇女として同じ扱いを受けていることに対する怒り。

そして、自分よりも下の存在に過ぎないアビゲイルへの嘲りが滲んでいた。

だが。

「それでも、私は決して諦めたりはしない。あの御方が……ギュスターヴ殿下が、私の勝利を信じてくださっている限り」

「っ⁉」

かつてのアビゲイルにはなかった、確固たる意志。

どれだけ煽っても、現実を思い知らせようとしても、アビゲイルは揺るがなかった。

先程の訴えもそうだが、人が変わった……いや、王女として覚醒したアビゲイルの姿を目の当たりにし、ブリジットは焦燥に駆られる。

だが、彼女はこれまで『妖精姫』として期待に応え続ける苦労こそ重ねてきたものの、周囲に敵と呼べるものは一人もおらず、敗北の二文字を知らない。

常にブリジットと比較され、戦う前から敗北を味わってきた、アビゲイルと違って。

そのため、自分の胸に湧き上がるこの感情が何なのか、気づくことができなかった。

(なんなの……なんなのよ……っ！)

そんなアビゲイルの態度が、ブリジットは気に入らない。

自分より下の存在のくせに。

エドワード王から、ただの一度も愛されたことのない分際で。

怒りに身を焦がしながらも、ブリジットは最後の一人が投票箱に札を入れるのを見届けた。

これで目障りで煩わしい姉が――『ギロチン皇女』の人生が終わったのだと確信して。

◆

「このようなところへ連れてきて、なんのつもりでしょうか」

グレンに連れられてやってきたのは、皇宮内にある訓練場。

僕がいつもサイラス将軍にしごかれている場所だ。

「……おそらく貴様は、この『王選』において何か仕掛けたのだろう？」

「まさか、それを僕が答えると？」

「そのようなこと、思ってなどいない。ただ、アビゲイル殿下のあの姿を見た上で、言わせてもらおう。……貴様は危険だ」

そう言うと、グレンは強烈な殺気を放つ。それはサイラス将軍に匹敵するほどのものだった。

（やはり『皇国の矛』は伊達じゃない……っ）

思わず気圧されてしまいそうになるが、ここで退くわけにはいかない。

「なら、どうするつもりだ」

「騎士団長グレン＝コルベットは、ギュスターヴ＝デュ＝ヴァルロワに決闘を申し込む」

……なるほど。

正式な決闘に則るのであれば、僕を始末したとしても正当性が担保されるということか。

それにグレンは、サイラス将軍と並ぶ皇国最強の一角。僕ごとき倒すことなど容易いと思っているのだろうな。

その証拠にこの男は、いつも使っている槍を持っておらず、剣を抜いているのだから。

「……分かった。やろうじゃないか」

「そうこなくてはな」

腰にあるサーベルに手をかける僕を見て、グレンは口の端を持ち上げた。既に僕ができることは、全てやり尽くした。それに、いずれはこの男と相対しなければならないんだ。

ただ、それが早まっただけ。

「その前に、勝敗条件でも決めておこうか。どちらかが戦闘不能になった時、あるいはどちらかが自ら負けを認めた時に、相手の勝ちとする。それでどうだ？」

「構わない」

「その上で、だ。僕も一方的にも貴様に絡まれたのだから、決闘をするにしても条件がある」

「条件だと？」

グレンの言葉に、僕は頷く。

「敗者は勝者に、絶対の服従を誓う。どうだ？」

少し沈黙の後、グレンは頷いた。

後は、これだけは聞いておかなければならない。

「どうして貴様は、ブリジット殿下に仕えている」

「……知りたくば、俺に勝利するがいい」

なるほど。答えるつもりはないということか。

「分かった。ならば、そうさせてもらう」

「できるのであればな」

グレンは剣を、僕はサーベルを構え、対峙する。

さあ、始めよう。

女王の座を賭けた二人の皇女の戦いの裏で、互いに彼女を支える騎士の戦いを。

「しっ！」

最初に動いたのは僕。

地面を蹴り、一気に間合いを詰める。

だが。

「ほう……まさかヴァルロワの王子が、そこまでの動きを見せるとは驚きだ」

「っ⁉」

僕の放った突きをひらり、と躱し、右上腕を斬りつけた。

咄嗟に身体を捻ったため傷は浅いものの、血が腕伝いにしたたり落ちて地面を赤く染める。

「あれを躱すか」

「あの程度なら、な……」

僅かに目を見開くグレンに、僕は不敵に笑ってみせた。

だけど、思ったより出血量が多い。

あまり長期戦に持ち込むこともできないな……

「だが」

「っ⁉」

今度はグレンが前に出て、無数の斬撃を繰り出した。

僕はサイラス将軍仕込みの防御で受け止め、弾き、逸らし、躱す。

先程はこちらから攻撃を仕掛けたため、隙を突かれて傷を負ってしまったが、守りに徹すればなんとかなりそうだ。

「まさかここまでやるとは……ブリジット殿下が貴様を欲しがるのも頷ける」

「それはどうも。だけど、僕はたとえ死んだとしても、ブリジット殿下に与するつもりはないけどな」

「構わない。どうせ貴様は、俺に敗れて服従するしかないのだからな」

グレンはますます剣撃の速度を、威力を上げ、容赦ない攻撃を仕掛ける。

突き、払い、薙ぎ、打ち下ろし、かち上げ。

四方八方からの変化に富んだ攻撃に僕は防戦一方……剣の切っ先が身体を掠め、少しずつ傷が増えていく。

このままでは、僕が敗れるのは必至。

「さあどうする。俺に敵わぬと敗北を認めるか、あるいは、そのまま命を落とすか」

「く……っ」

なおも攻撃の手を緩めないグレンに太刀打ちできず、僕は思わず歯噛みする。

とはいえ、やはりこの男は僕を侮っているのだろう。その証拠に、先程から致命傷を与えるような強烈な一撃は一つもない。

これなら。

「『僕は耐え続ければいい』……などと考えているようだな」

「っ⁉」

ここでグレンの振り下ろしの一撃が繰り出され、僕は辛うじて受け止めるものの、その重さに思わずよろめく。

「いいか。耐えるだけではいずれ持ちこたえることができず、俺に斬り捨てられるのが目に見えている。そうなる前に、早く負けを認めろ」

悔しいが、グレンの言っていることは正しい。

このままでは僕は、この男の剣によって命を失うだろう。

だが。

「まさか。アビゲイル殿下も、どう考えても負けることが目に見えている状況でも、勝利を信じて戦っているんだ。なのにこの僕が、早々に諦めて敗北を認めるわけにはいかないんだよ」

「減らず口を。……だが、この俺とここまで戦い抜いた実力と、主に尽くすその姿勢だけは認めてやる」

意外にもグレンはそんなことを言ってのけ、剣を水平に構えて腰を落とす。

どうやら次の一撃で、決めにくるみたいだ。

なら。

「……貴様もまた、次の一撃に賭けるか」

「このままだと僕は負けてしまうんだろう？　なら、そうするしかない」

どうにか余裕があるように振る舞うが、本音を言えば出血のせいで先程から意識を保つのが精一杯だ。

だからこそ僕は、この一撃に想いの全てを込め、グレンを打ち倒すのみ。

「すう……はあ……」

呼吸を整え、グレンの動きに合わせる。

勝負は一瞬。これに賭けるッッッ！

「これで……終わりだッッッ！」

地面を蹴って跳躍し、グレンは上段から剣をすさまじい勢いで振り下ろす。

その気迫のこもった一撃は、たとえサーベルで防いだとしても、それごと打ち砕かれてしまうだろう、そう思わせるほどだった。

だけど。

「負けて……負けてたまるかああああああああああッッッ！」

身体を大きく捻じり、グレンの呼吸に合わせ、僕は僕ができる最速の横薙ぎを繰り出した。

今日この時のためにサイラス将軍から教わった、最強の奥の手を。

グレンの剣と、僕のサーベルが交錯する。

そして。

「う……ぐ……っ」

グレンの剣が、僕の左肩を抉る。

だけど、それと同時に。

「が……が、ふ……っ」

僕のサーベルはグレンの胴を捉え、彼は口から大量の血を吐いた。

この勝負——僕の勝ちだ。

「ハア……ハア……ッ」

最初に受けた右腕の傷からの出血、加えて左肩を抉られたことにより、手に力が入らない。

手からサーベルがするりと抜け、地面へと落ちる。

一方、グレンはというと。

「う……」

僕の渾身の一撃を受けて悶絶し、今も地面に転がったままだ。

峰打ちでここまでの威力……サイラス将軍の実力を、まざまざと見せつけられた気分だ。

これだけの怪我を負ったんだ。『王選』が終わった後も、グレンはしばらく身動きできないだろう。

僕は傍に寄り、グレンに一言二言耳打ちすると。

「……行こう」

ブリジットの側近であるグレンがこうして仕掛けてきたことからも、まだ何かあるかもしれない。

『王選』を……アビゲイルの勝利を、決して邪魔させるわけにはいかない。

彼女の勝利を信じ、僕は身体を引きずりながら訓練場を後にした。

◆

「ブリジット殿下、一票！」

全ての投票が終わり、構成員達によって開票が行われている。

現在、ブリジットが三票を獲得し、アビゲイルは〇票。

「そろそろお姉様に票が入るといいですね」

「……………………」

「チッ」

ブリジットは先程から再三煽るが、アビゲイルは微動だにせず開票の行方を見届けている。

そんな態度が何よりも気に入らず、ブリジットは思わず皇女らしからぬ舌打ちをした。

「アビゲイル殿下、一票！」

ここでようやく、アビゲイルに票が入った。

サイラス将軍が満足げに頷くが、アビゲイルは相変わらず表情を変えない。

ただし、その小さな手は強く握りしめられていた。

「ウフフ、サイラス将軍の票がここで入りましたね。ただ……この後お姉様に入る票が果たしてあるのでしょうか」

先程から相手にされていないというのに、それでもなお執拗にアビゲイルを挑発するブリジット。

どうやら彼女は、なんとしてでもアビゲイルを屈服させたいようだ。

すると。

「……あります」

「あら、ようやく反応なさいましたね。お相手してくださらないから、まるで人形とお話をしているみたいだと思っていましたわ。そう……無慈悲で心を持たない、冷酷な人形のように」

ブリジットはアビゲイルの『ギロチン皇女』という異名を揶揄(やゆ)し、せせら笑った。

「……ええ、そうね。あなたの言うとおり、私は何人処刑を行っても顔色一つ変えない、心を持たない『ギロチン皇女』よ」

アビゲイルはブリジットを見据え、凍えそうなほど冷たい視線を向ける。

自分が『ギロチン皇女』であることを、誇示するかのように。

「でもね、そんな私のために、心の限り頑張ってくださる御方がいるの。信じてくださる御方がいるの。……あなたにはそんな人がいるの？」

「っ⁉」

アビゲイルの放った痛烈な一言。

それはブリジットの自尊心を大いに傷つけた。

「ふざけないで！　貴族達も！　皇国の民も！　いいえ、お父様さえも！　みんな私のことを愛してくれているの！　あなたこそ、誰からも愛されない『ギロチン皇女』のくせに！」

周囲の目も憚(はばか)らず、鬼の形相(ぎょうそう)で叫ぶブリジット。

誰よりも馬鹿にし、誰よりも馬鹿にされたくない女からの侮辱に、これまで大勢の人々から愛されて大切にされてきた『妖精姫』が耐えられるはずがないのだ。

「静かにせよ！　今は『王選』の最中であるぞ！」

「あ……も、申し訳ありません……っ」

エドワード王に一喝され、ブリジットは慌てて謝罪して口を噤む。

だが、そのエメラルドの瞳には、これまで誰も見たことのないほどの怒りが湛えられていた。

「ブリジット、黙って見ていなさい。あなたが勝つか、それとも私が勝つのか。それはあと数分で明らかになるわ」

「………………………」

ブリジットが騒いだことで中断された開票が再開し、ロックウェル公爵は再び札を手にすると。

「アビゲイル殿下、一票！」

「っ⁉」

予想だにしないことが起こり、ブリジットは顔を上げ思わず目を見開いた。

これにはエドワード王も、アビゲイルの支援者であるサイラス将軍さえも驚いたようで、唖然としている。

「どうして……どうしてこんなことが起こるのよ！」

ブリジットはこれが現実であると信じられず、ついさっきエドワード王にたしなめられたことも忘れ、再び叫んだ。

たとえ一票が流れただけとはいえ、サイラスの他にもう一人アビゲイルを支持する者が現れたことが信じられず、また、どうしても許せなかったのだ。

「……私も驚いているわ。でも、信じてよかった……っ」

胸の前できゅ、と手を握りしめ、アビゲイルは静かに目を瞑り呟く。

だが彼女は、『十人委員会』の構成員の中に自分を支持してくれる者がいることを信じていたわけではない。

信じていたのは、最後まで応援し、尽くし、励まし、自身の勝利を疑わなかったギュスターヴだけ。

「たかが一票増えただけじゃない！　こんな奇跡がまたあると思わないで！」

ブリジットの叫びに、エドワード王は微かに頷いてしまう。

ほんの僅かな仕草ではあるが、それだけで彼がアビゲイルではなくブリジットを次の女王に望んでいることを示すには十分だった。

「ア……アビゲイル殿下、一票！」

宣言するのに一瞬躊躇するロックウェル公爵。よもやもう一票アビゲイルに入るとは思わなかったのだろう。

部屋の中で、さらにどよめきが起こった。

「ど……どうして……っ」

もはや何が起こっているのか理解できず、ブリジットは額に手を当て、よろめいてしまう。

こんなはずじゃなかった。圧倒的大差をつけ、アビゲイルに勝利するはずだった。

だというのに、気づけば三対三の同数。このままいけば、自分が敗北してしまう未来もあり得る。

「ま、まだよ！　あと二票入れば私の勝ちなの！」

アビゲイルに負けるかもしれないという事実を、ブリジットが受け入れるはずがない。

エドワード王からの寵愛を受けることができず、『ギロチン皇女』という不名誉な二つ名を持つ姉。

だが。

そんな彼女に負けることなど、許されないのだ。

「……アビゲイル殿下、一票」

ロックウェル公爵は、力なく告げる。

これでアビゲイルが逆転。いよいよブリジットの敗北が現実味を帯びてきた。

「う、嘘よ！　こんなの、どうかしてる！」

信じられない光景に、ブリジットが頭を抱える。

構成員達も互いに顔を見合わせて困惑し、状況を見守っているエドワード王も表情に怒りを滲ませた。

「これはおかしいであろう！　何者かが不正を行ったのではないのか！」

とうとう堪え切れず、エドワード王が構成員達に向かって問い質す。

「国王陛下。我等構成員一同、『王選』及び『十人委員会』の掟に従い、一切の不正を行っていないことを誓いますぞ」

「そ、そうです！　そのようなことはしておりません！」

「疑われるのであれば、すぐにお調べくだされ！」

サイラス将軍が静かに告げ、ロックウェル公爵をはじめ、他の構成員達も次々に身の潔白を訴えた。

ここで不正をしたと疑われれば、『王選』の掟に則り厳罰を受けることになってしまう。

何より――構成員達は誰一人として、不正など行ってはいないのだから。

「ぬうう……っ」

構成員十人の態度に、エドワード王は呻き声を上げる。

もし調査をして不正が見つからなければ、その時は王自ら『王選』の掟を破ることになるのだ。

『王選』の実施を決めたのはエドワード王本人。それなのに結果を覆してしまえば、それこそ『王選』の実施はブリジットを王にするためのものだと示すようなもの。

病に冒され、しかもヴァルロワ王国が虎視眈々と反撃の機会を窺っている今、皇国内の安定を脅かすような真似はできないのだ。

（ギュスターヴめ……っ！）

ギュスターヴを思い浮かべ、エドワード王は歯噛みする。

そもそもこの『王選』は、ギュスターヴが自身の病の秘密、王国の陰謀を餌に引き出したもの。

そう……全ては、ギュスターヴの手によって引き起こされたものなのだ。

「ア、アビゲイル殿下、一票！」

もはややけになったように、開票したロックウェル公爵は宣言する。

アビゲイルが獲得した票は、とうとう半分に到達した。

これで最悪でも引き分け。あと一票が入れば、アビゲイルの勝利だ。

「「「「……………………」」」」

この部屋にいる者達は、人形のように表情の変わらないアビゲイルに薄ら寒さを覚える。

だが。

（ギュスターヴ殿下……ギュスターヴ殿下……っ）

彼女の心の中は、ギュスターヴで埋め尽くされていた。

テミズ川の港で彼を迎えてから、処刑現場を見られ、冷たい態度で接したのに、あの隠し部屋でこの手を取ってくれた人。

その後も突き放すような態度を取ってもむしろ傍に来て、エドワード王との交渉に挑み、血を流してまでこの『王選』の舞台を用意してくれた人。

この舞台に立つ自分の背中を、そっと押してくれた人。

この状況も……これから訪れるであろう結末も、きっと彼が用意してくれたのだろう。

皆が忌み嫌う『ギロチン皇女』――アビゲイル＝オブ＝ストラスクライドのために。

アビゲイルは思う。優しい彼は、あの日から少しも変っていない、と。

そして。

「アビゲイル殿下、一票！　これにより、『十人委員会』はアビゲイル殿下を次の女王に認定いたします！」

ロックウェル公爵は、アビゲイルの勝利を宣言した。

唇を噛み肩を震わせるブリジットとは対照的に、アビゲイルは天井を仰ぎ穏やかな笑みを湛える。

それは『王選』の勝利を受けてのものなのか、それとも、この結末へと導いてくれた、ギュスターヴへ思いを馳せているのか。

それは、『王選』終了をロックウェル公爵が告げると同時に明らかとなった。

「っ！」

扉へと、アビゲイルは勢いよく駆け出す。敗北を受け入れられず叫ぶブリジットを、顔を真っ赤にして今にも拳を振り上げそうなエドワード王を、歓喜の雄叫びを上げるサイラスを、複雑な表情を浮かべる構成員達を、その全てを置き去りにして。

エドワード王の傍で口の端を吊り上げ、仄暗い笑みを浮かべる黒髪の侍従も、今のアビゲイルの視界には入らない。

アビゲイルはその細い腕で、勢いよく扉を開ける。

勝利を信じて疑わず、この結果を待ちわびているであろう、ギュスターヴに吉報を届けるために。

◆

「やはり……」

グレンとの試合を終え、『王選』が行われている部屋へと向かう道の途中で、二人の騎士が彼らを取り囲む大勢の兵士達と対峙する場面に遭遇する。

「すまない！　遅くなった！」

「待ってましたよ、ギュスターヴ殿下！　……って、だ、大丈夫ですか!?」

僕の姿を見て安堵したのも束の間、二人の騎士の一人であるミックが顔を青くした。

次いで、隣にいるもう一人の騎士のテリーも。

『王選』の途中でアビゲイルを害するようなことをすれば、エドワード王としても看過するわけにはいかない。

しかし『王選』が終わって彼女がその場を離れれば、暗殺することは容易くなる。

この二人には僕が『王選』の場から離れた際には、そういった連中からアビゲイルを守るよう予め言っておいたのだ。

案の定、ブリジットは兵を準備していたか。

「あ、ああ、大丈夫だ……って言いたいところだけど、さすがというか、グレンは強かったよ」

死に戻る前の人生で身に着けた剣術、死に戻ったあと鍛え続けたこの身体、そして再びサイラス将軍に師事し、伝授してもらった秘中の技。それらを使ってかろうじて勝ちを拾うことができたものの、実力はグレンのほうが間違いなく上だ。

何せあの男の本来の武器は、剣ではなく槍なのだから。

「それで、貴様達は何のためにここにいる」

「「「「っ⁉」」」」

ミック達との会話を聞いていたからだろう。僕が睨みながら告げると、兵士達は慄き、一歩退がった。

「何故ここにいるのかと聞いているんだ」

「「「「……………………」」」」

もう一度尋ねるも、兵士達は答えようとしない。

ああ、そうだろうな。ブリジットの命を受けこのような場所にいるなど、口が裂けても言えるものか。

「なら、僕が先に言おう。僕はグレンとの決闘に勝利して、今この場にいる。分かったなら今すぐここから去れ」

僕の言葉を受け、ざわつく兵士達。

正直、僕とミック、テリーの三人でこの数を相手取るのは厳しい。

だが、兵士達は顔を見合わせるのみで、退く気配がない。

ここは……賭けだが、やるしかないな。

僕は右手をサーベルの柄に添えると、一気に踏み込んで抜き放った。

「っ⁉」

サーベルの切っ先が、先頭にいる兵士の鼻先で止まる。

「僕と、戦うか？」

兵士達はじり、じり、と後退したかと思うと、すぐに踵を返し一目散にこの場から去っていった。

「ふう……」

これで、全てが終わった。

やるべきことをやり尽くした僕は壁にもたれ、そのままずるずると床に座り込んで一息吐いた。

実はデーヴィッドにより、選ばれた『王選』の構成員達を懐柔してもらっている。

何せあの男には、滅亡したグリフィズ王国がいつか再興を果たすために隠しておいた莫大な隠し財産があり、それを用いて皇国内に張り巡らせた情報網を駆使して、ほぼ全ての貴族の情報……つまり弱みを握っている。

加えて、エドワード王の侍従として常に傍にいるあの男は、誰が構成員に選ばれるのかを知っている。……いや、選ばれた構成員の中には、自らの息のかかった貴族を潜り込ませてもいるだろうな。

これによりアビゲイルが『王選』に勝利する可能性が高いとはいえ、それでも安心できない。全員を味方につけることができなかった以上、敗北する可能性もまた否定できないのだから。

「あとは彼女次第、か……」

王国や聖女セシルに必ず復讐を果たさなければならないというのに、最後の最後で運を天に任せなければならないことに忸怩たる思いはあるが、それでも僕は、信じるしかない。

死に戻る前の人生において、エドワード王亡き後ブリジットと渡り合ってみせた、アビゲイル＝

オブ＝ストラスクライドという女性を。

とにかく、僕は吉報を待つだけ。


しばらくして、遠くから大きな歓声が聞こえた。

そうか、『王選』が終わったか。

僅かな静寂の後、慌ただしいヒールの音が近づいてくる。顔を上げると、そこには。

「あ……」

肩で息をする、アビゲイルの姿があった。

「ギュスターヴ殿下！」

彼女はこちらへ駆け寄り、僕の目の前で跪いた。

「アビゲイル殿下……『王選』は……」

「勝利いたしました。ギュスターヴ殿下の……あなた様のおかげで、勝利することができました……っ」

そう告げた瞬間にアビゲイルの目から零れた涙が、瞳の色と混じり合い、真紅に輝いているように見えた。

「それはよかった。アビゲイル殿下、おめでとうございます」

「よくありません！　あなた様はまた無茶をして、こんなにも傷ついて……っ！」

僕の右腕に、左肩にそっと触れ、とても悲しそうな表情で僕を睨む。

僕は気づく。

ああ……彼女は次の女王に選ばれたことよりも、僕なんかのことを心配してくれるのか。

そんなアビゲイルを見て、ようやく僕は悟る。これこそが、本当の彼女の姿なのだと。

（……どうして僕は、今まで気づくことができなかったのだろう）

思えばエドワード王との面会で首を傷つけられた時も、アビゲイルはそのことに気づき、怒りを見せた。あれはきっと、僕を慮ってのものだったんだ。

なら、あの時の言葉。

『傷つくのは……この手を血で汚すのは、私だけでいい』

それもまた、僕を守ろうとしてのものなのかもしれない。


「ギュスターヴ殿下、聞いておられるのですか！」

「あ、あはは……」

黙ったまま見つめていたら、アビゲイルは怒り出してしまった。

そんな『ギロチン皇女』とは違う、とても人間らしい彼女。

その姿に、僕は死に戻ってから初めて頬を緩めた。

◇

「そ、その、さすがにこれはやりすぎでは……」

「これは無茶をなさったギュスターヴ殿下への罰です」

医務室へと強引に連れてゆかれ、アビゲイルの治療を受けているのだが……慣れていないせいか、かなり大袈裟に手当てをされてしまった。おかげで全身包帯(ほうたい)まみれである。

「はっは！　それにしても、ギュスターヴ殿下が彼奴(あやつ)に勝利なさるとは！　このサイラス、感服いたしましたぞ！」

『王選』の部屋を出てここに駆けつけてきてくれたサイラス将軍が、豪快に笑いながら僕の背中を叩く。怪我人なので、もう少し手加減してほしい。

「それにしても、今回の『王選』の結果には驚きしかありませぬ。ギュスターヴ殿下は、一体どのような魔法を使われたのですかな？」

打って変わり、サイラス将軍が真剣な表情で尋ねる。

そうだね。今後のこともあるから、二人には今回の種明かしをしておかないと。

だけど、その前に。

「クレア」

「っ⁉」

医務室の端で複雑な表情で俯いていたクレアに声をかけると、彼女は肩を震わせた。

この女は間者で、兄グレンと同様にブリジット側の人間でありながら、アビゲイルの侍女を務めている。

今回の結果に納得できず、また、今後どうすればいいか大いに頭を悩ませていることだろう。

「『王選』により、アビゲイルが次の女王になることが決まった。それで貴様は、今後の身の振り方をどう考えているんだ？」

「ギュスターヴ殿下……？」

「一体何の話ですかな？」

クレアの正体を知らないアビゲイルとサイラス将軍が、不思議そうな表情で尋ねてきた。

ああ、ブリジットに勝利した以上、種明かしをして構わないだろう。

「この女は……クレア＝コルベットは、ブリジットの間者です」

「「っ⁉」」

そう告げると、二人は目を大きく見開いた。

「クレア……本当なの？」

振り向き、問いかけるアビゲイル。

表情こそ変化はないものの、その真紅の瞳は揺れていた。それだけ、信頼していた侍女が裏切っていたことに動揺を隠せないのだろう。

「……ギュスターヴ殿下のおっしゃったとおりです」

観念したのか、クレアは唇を噛んでそう答えた。

「どうして……？　あなたはずっと私に仕えてくれて、いつも支え続けてくれていたのに……」

信じられないといった様子で、アビゲイルはクレアを見つめる。

それを横目に、サイラス将軍は拳を握りしめ怒りで肩を震わせていた。

「というより、クレアは最初からブリジットの手の者です。アビゲイル殿下に侍女としてお仕えする、それよりも前から」

実のところ、クレアの実家であるコルベット伯爵家が、ブリジットの母親であり第二皇妃のパトリシア＝オブ＝ストラスクライドに仕えているといったほうが正しい。

騎士団長のグレンがブリジットの側近なのも、クレアが間者となってアビゲイルを傍で監視していたのも、全ては第二皇妃と実家の主従関係によるものだ。

そのことを僕は、死に戻る前の人生で知っている。

王国による皇都襲撃を受け、捕らえられたアビゲイル。王国兵に身柄を差し出したのは、他ならぬクレアだ。女王の座を狙う、ブリジットの命を受けて。

「ギュスターヴ殿下は、どうしてそのことを？」

ブリジットの間者というだけでなく、いつからの繋がりだったのかまで知っていることをクレアが疑問に思うのは、当然だ。

何せ僕は、アビゲイルの婚約者として皇国に来てまだ三か月。普通に考えたら、たかが一侍女の事情まで知っているはずがないのだ。

「まあ、王国が貴様を利用することも考えていた、とだけ言っておくよ」

王国はクレアの存在など知る由もない。

僕に疑いの目が向けられないようにするための、ただの方便だ。

「なるほどのう……つまり王国は、ギュスターヴ殿下を駒として利用するだけでなく、姫様の侍女にまで手を伸ばそうと考えておったということか……」

顎に手を当て、サイラス将軍が得心したように頷く。

こうやって勘違いをさせつつ王国に反感を持たせておくことは、いざ王国に復讐するために必要なこと。

特に、絶対に僕の味方になってもらわなければならない人に対しては。

「それで、最初に言ったが、身の振り方をどうするんだ？　ブリジット殿下は敗れ、女王となる道は閉ざされた。おめおめと戻れば、きっと貴様は『王選』において、こちらの陣営の情報をつかむことができなかったことの責任を取らされ、最悪死ぬことになるだろう」

僕が『王選』を行うために動いていることを察知できたなら、ブリジットは全力でこれを阻止していたはず。

それができなかったのは、アビゲイルの傍にいながら察知することができなかった、クレアの失態に他ならない。

実際のところ、クレアが僕のことを侮っていたのが失敗の始まりなのだから。

「ギュスターヴ殿下は、私をどうなさりたいのですか……？」

ブリジットのもとに戻ることもできず、このままアビゲイルの侍女として留まることすら許されない。

まさに八方塞がりのクレアは、絞り出すような声で尋ねた。

「アビゲイル殿下」

「!?　は、はい……」

僕が呼びかけると、一瞬驚いた様子を見せ、おずおずと返事をした。

信頼していた侍女の裏切り……いや、最初から敵だったんだ。ただでさえ味方の少ないアビゲイルの動揺は計り知れないだろう。

「よろしければ、クレアの処遇は僕に任せていただけませんか？」

「ギュスターヴ殿下に、ですか……？」

「はい」

僕が頷くと、アビゲイルはクレアを見やり、そして。

「……クレアの正体を見抜いたのも、私を『王選』の勝利に導いてくださったのも、全てギュスターヴ殿下。なら、私はあなた様に委ねます」

そう告げて、目を伏せた。

「聞いたとおりだ。クレア、貴様の処分は追ってこの僕が行う。それまで僕の部屋でマリエットの監視のもと謹慎していろ。間違っても逃げようなどと思うな」

「はい……」

クレアは深々と頭を下げると、おぼつかない足取りで静かに医務室を出ていった。

「そんな……クレアが……クレアが……っ」

肩を震わせ、アビゲイルは両手を握りしめてうずくまってしまう。

長年信頼していた人の裏切り。彼女の心を傷つけるには、十分すぎる。

だからこそ、僕は言わなければならない。

「アビゲイル殿下……あなたには、僕がいます。サイラス将軍がいます。あなたは、決して一人じゃない」

「ギュスターヴ殿下……っ」

真紅の瞳から大粒の涙を零し、アビゲイルは僕の胸に縋りつく。

悲しみに暮れる彼女に対し、僕はその小さな背中を撫でることしかできなかった。

第六章

「ほうれ！　どうしたどうした！」

「く……っ！」

『王選』が行われてから一か月後。

今日も僕は、サイラス将軍のしごき……もとい稽古を受けていた。

傍には先に音を上げたミックとテリーが、無様にも地面に転がっている。

「おおおおおおおおおおおおッッッ！」

「むっ！　甘いわ！」

渾身の一撃を防がれ、僕は肩に強烈な袈裟斬りをお見舞いされた。

頑張ってみたものの、結局僕も二人と同じ運命を辿ることになってしまった……

「はっは！　かなりよかったですが、それでもまだまだですぞ！」

「うぐ……く、くそう……」

腰に手を当て高笑いするサイラス将軍を、僕は恨みがましく見上げた。

彼から秘中の技を伝授され、槍を持っていなかったとはいえ『皇国の矛』グレンにも勝利した。

かなり強くなったと自負していたが、それでも師匠に追いつくのはまだまだか。

「さて……そろそろですな」

「……もうそんな時間か」

皇宮の建物に掲げられている時計を見つめ、僕とサイラス将軍は呟く。

『王選』に勝利して次の女王となったアビゲイルだが、公務……罪人の処刑を今も行わなければならなかった。

というのも、アビゲイルが処刑人を辞することを、エドワード王が許さなかったのだ。

もちろん彼女も、サイラス将軍も嘆願した。次の女王としていずれ皇国を治めていく以上、貴族や国民の心証を悪くするわけにはいかないのだから。

だが、エドワード王は認めない。

まるで、アビゲイルが皇国の全ての者から不興を買い、女王の座から降りざるを得ないように追い込んでいるかのように。

……いや、実際にそうなのだろう。

つまりエドワード王は、それほどまでしてブリジットを次の女王にし、アビゲイルを排除したいのだ。

残念ながら、その理由は分からない。

「では、行ってまいります」

「姫様、ギュスターヴ殿下、お気をつけくだされ」

アビゲイルと僕、そしてマリエットは、馬車で処刑場へと向かった。

何故マリエットが同行しているのかって？

実はクレアが侍女から外れたことで、アビゲイルの身の回りを世話する者がいなくなってしまった。

代わりの者をつけようとしたものの、皆がアビゲイルの侍女になることを拒んだんだ。

第一皇女であり次期女王の座に就いた彼女を拒むなんて、何を考えているんだと言いたくもなるが、そもそも皇女の侍女を務めるとなると、貴族の中から選ばなければならない。

ところが『ギロチン皇女』の醜聞とエドワード王の威光を恐れ、貴族達は身内を出し渋ったわけだ。

サイラス将軍の身内に相応しい者がいれば解決したんだが、残念ながら彼は独り身。親類縁者もおらず、どうすることもできない。

それで仕方なく、マリエットには僕とアビゲイル二人分の世話を兼務してもらっている。

マリエットはこの国の貴族ではないが、特別措置という形で。

「マリエットには迷惑をかけてすまない。すぐに侍女を見つけるから、それまで待っていてくれ」

「どうかお気遣いなく。このマリエット、ギュスターヴ殿下のお役に立てるのであれば本望です」

胸に手を当て、笑顔でそう答えるマリエット。いくら弟を救ったからとはいえ、やはり彼女は少々重い気がする。

「……相変わらずお二人は、仲がよろしいですね」

「はい……ギュスターヴ殿下には、特によくしていただいておりますので」

どこか棘のある言い方をするアビゲイルと、反対に蕩けるような笑顔を見せるマリエット。この二人の間に微妙な空気が流れている気がするが、お願いだから気のせいであってほしい。

「あ……どうやら到着したようですね」

車内の空気に耐え切れず、僕は少し大袈裟に告げた。

「では、役目を果たしてまいります」

『ギロチン皇女』の仮面を被り、アビゲイルは兵士達を従えて処刑場の舞台へと向かう。

僕とマリエットは、処刑が終わるまで控室で待機するわけだが。

「マリエット。僕がここを出たら、鍵を閉めて静かに待っているんだ。たとえ騒がしくなったとしても、気にしなくていい」

「ギュスターヴ殿下……どうかお気をつけて」

悲痛な表情を浮かべ、僕を送り出してくれたマリエット。

これから何が起きるのか、ひょっとしたら気づいているのかもしれない。

そう……僕達はデーヴィッドからの情報で、ブリジットがアビゲイルを暗殺する計画を立てていることを知った。

次期女王の座を奪われたあの女は、アビゲイルを亡き者にすればその座に就けると考えたのだろう。

それが悪手だとは言わないが、『王選』が行われてまだ一か月と間もない状況でそのような真似をすれば、仮に暗殺が成功したとしても間違いなくブリジットが犯人だと疑われ、これまで築き上げてきた『妖精姫』という評判が崩れてしまう。

そのような危険を冒(おか)してまで、どうしてブリジットは今そのような真似をするのかと思ってしまうが、いずれにせよエドワード王がもみ消してしまうのだろうな。

「本当は、今日の処刑を中止にしたかったが……」

罪人の処刑は、皇族の特権であり義務。そう言ってエドワード王は処刑の中止を認めなかった。

「いずれにせよ、僕はアビゲイルを守り抜くだけだ」

腰にあるサーベルの柄に手を添え、アビゲイルの立つ舞台の裏で周囲を警戒する。

「「「「うおおおおおおおおおおおおおおッッッ！」」」」

「「「「殺せ！　殺せ！」」」」

処刑場には興奮した民衆達の怒号がこだまし、断頭台の前で罪人達は命乞いをしている。

公開処刑により、畏怖と支持を集め国民を従わせるという意図は分かるが、それでも、これではもはや見世物ではないかと思えてしまう。

「それもこれも、二年後にアビゲイルが女王となるまでの辛抱……なんて思わないよ」

エドワード王は、二年後に間違いなく死ぬ。

デーヴィッドと僕が手を握っている以上、それは決定事項だ。

だからといってその時まで指を咥えて我慢するなんて、そんな気は毛頭ない。

この先ストラスクライド皇国を治めていくのは、エドワード王ではなくアビゲイル。

その日のために、現状を受け入れる気はさらさらないんだよ。

僕は控える兵士達に目配せしつつ、処刑場を取り囲む民衆達に目を向けると。

「っ!? あれは！」

一瞬、アビゲイルに向けて光るものが見えた。

気づけば僕は、舞台裏からアビゲイルの前に躍り出ると。

「させるかっ！」

飛来した何かをサーベルで弾き落とした。

弾き落とした物を見ると、鏃の付いた小さな棒だった。……おそらくは暗殺用に作られたものだろう。

「お前達、絶対に逃がすな！」

「「「「はっ！」」」」

僕が大声で指示すると、兵士達はアビゲイルを暗殺しようとした者を追いかけ、一斉にこの場を離れた。

「大丈夫ですか……？」

「は、はい。予め聞いておりましたのもありますが、その……ギュスターヴ殿下が守ってくださると信じておりましたので」

そう言うと、アビゲイルは僕の服をそっとつまんだ。

だけど、少し震えている……

「ご安心ください。アビゲイル殿下は、この僕が必ず……っ!?」

舞台袖から飛び出してきた、黒服を着た者達。

その手には剣やナイフなど、様々な武器が握られていた。

「……なるほど。さっきのあれは囮か」

わざと暗殺を仕掛けさせ、兵達がそちらに向かって手薄になった隙に、アビゲイルを確実に仕留める算段だったのだろう。

まんまと僕は罠に嵌まり、自らこの窮地を招いたわけだ。

「アビゲイル殿下、僕の後ろに」

「はい……」

暗殺者達から隠すように、僕はアビゲイルの前に立つ。

さて……ここにいる暗殺者は全部で七人。この連中がサイラス将軍やグレンほど強いはずがない。

とはいえ、それなりの実力者であることは推測できる。

アビゲイルを守りながら倒すのは、至難の業だな……

「シッ！」

暗殺者の一人が、一歩踏み込んで突きを繰り出した。

ただこれは、僕を倒すためというより、こちらの出方を窺うため、そして僕の実力を試すためだろう。

「そんな突きでは、この僕を倒すことはできないぞ」

剣を弾き、僕はあえて冷静に威嚇する。

向こうがどう受け止めたかは分からないが、少しでも僕の実力に恐れをなしてくれたら万々歳だ。

しかし。

「構うな！　所詮は王国に捨てられた不用な王子！　大した実力など持ち合わせているはずがない！」

へえ……僕のこと、よく知っているじゃないか。

ただし、その情報は死に戻る前までの話だがな。

「ぬ……く……っ」

「ち、近づけない……！」

一歩でも間合いに入った瞬間、僕はサーベルを繰り出す。

暗殺者達は下手な真似をすれば即座に斬られてしまうことを見抜いてか、むしろさっきよりも慎重になる。

「ところで……貴様等は、ブリジット殿下の差し金ということでいいんだよな？」

「「「「…………………………」」」」

分かってはいたが、問いかけても暗殺者は誰も答えない。

まあ、一人だけ生かして捕まえて全部吐かせれば済む話だから、別に構わないが。

「さあどうした。来ないなら、僕達は失礼させて……っ!?」

突然、処刑場のほうが騒がしくなる。

僅かに視線を移してみると、大勢の兵士が民衆を押し退けてこちらへと向かってきていた。

しかも、その一番後ろには。

「兵士のみなさん！　我が姉アビゲイルを、何としてでも救出するのです！」

「「「「おおおおおおおおおおおおおおおッッッ！」」」」

兵士達に檄を飛ばす、ブリジットの姿があった。

「これは……」

ああ……そういうことか。

ブリジットの本当の狙いは、暗殺者によって僕達を始末することではなく、自らが暗殺を阻止するも間に合わないという筋書きを作ることだったんだな。

これなら僕達を始末しても疑われるどころか、むしろ『妖精姫』としての名声を高め同情を集めることができる。

しかも、ブリジット自身がアビゲイルを救うために、この処刑場に駆けつけたんだ。その効果は絶大だろうな。

「そういうことだ。時間稼ぎをして救援を待っていたのだろうが、当てが外れたな」

「……そうだな」

認めるよ。まさかブリジットが、ここまで用意周到にアビゲイルを殺しにかかるなんて、思いもよらなかったさ。

『妖精姫』として多くの貴族や国民の支持を集め、腹違いの姉を容赦なく殺そうとする苛烈さと策略。

きっとあの女こそが、『金獅子王』として国民の支持を集める英雄エドワード王に最も近く、後継者に相応しい存在なのだろう。

だがな。

「それでも皇国の女王は、アビゲイル殿下以外にあり得ない！　それを邪魔すると言うのなら、誰が相手だろうと全て打ち倒す！　この、僕達が！」

暗殺者達に向かって、僕は吠える。

たとえブリジットがどのような策を用いてアビゲイルを害そうとしても、絶対に守り抜き、叩き潰してやる。

「はっは！　それでこそ我が弟子、ギュスターヴ殿下だ！」

「「「「っ!?」」」」

大勢の兵士達の背後から、さらに大軍が現れる。

巨大な馬に跨り、バルディッシュをその手に掲げて率いるその人こそ、僕の師匠であり『皇国の盾』、サイラス＝ガーランドだ。

「そりゃあああああああッッッ！　わしのバルディッシュの錆になりたくなければ、道を開けんかッッッ！」

バルディッシュを振り回し、サイラス将軍は突き進む。

兵士達も、民衆も、彼の武威を恐れあっという間に道が出来上がった。

「サ、サイラス！　何を……っ!?」

「ブリジット殿下。このような場におられては危険です。ここはわしに任せ、殿下は兵士達とともに安全なところまで下がってくだされ」

「う……」

さしものブリジットもサイラス将軍の気迫に押され、声を失う。

それでも何かを言おうと身を乗り出すが、そうこうしている間にサイラス将軍が率いてきた兵達が、ブリジットの兵を抑えた。その中には、ミックやテリーの姿も。

「どうしてサイラス将軍がこんなに早く駆けつける！　しかも、あれだけの兵を用意して！」

この状況が未だに信じられないのか、暗殺者は思わず叫んだ。

これでは話が違うと言わんばかりに。

「決まっているだろう。貴様等がこのような凶行に出ることを想定し、予め準備していただけだ」

そう……デーヴィッドからアビゲイル暗殺計画の情報を貰った時点で、それだけでは済まないことはある程度予測していた。

さすがにここまで大掛かりな真似をするとは思わなかったが、いずれにせよどんな手を打たれても対処できるように、サイラス将軍と準備しておいて正解だったよ。

「ま……まだだ！　サイラス将軍がこの舞台に駆けつける前に貴様等を始末すれば、後はどうとでもなる！　それにこちらは七名、ギュスターヴ一人ではどうすることもできまい！」

「残念だが、俺を入れて二人だ」

「っ⁉　ぐ……は……っ⁉」

暗殺者の一人が背後から胸を刺し貫かれ、口から大量の血を吐き出した。

現れたのは。

「貴様等全員、俺の槍の餌食（えじき）となれ」

ストラスクライド皇国騎士団長であり『皇国の矛』、グレン＝コルベットだった。

「それは困る。これが全てブリジット殿下の仕業だと知らしめるためにも、最低でも一人は生かしておいてもらわないと」

「……仕方あるまい」

「な、何故⁉　どうしてグレン騎士団長が我等の敵に⁉」

状況を呑み込めない暗殺者が、思わず叫ぶ。

それはブリジットも同じようで、こちらを見て目を見開いている姿が僕の視界の端に入った。

「なあに、単に僕が彼との賭けに勝っただけだよ」

そう……『王選』の裏で行った、グレンとの試合。

敗者は勝者に、絶対の服従を誓う。その約束を守ってもらっているだけ。

「……まあ、そういうことにしておこう。何より俺は、ギュスターヴ殿下に借りがある」

「ぐお⁉」

「ぎゃはっ⁉」

瞬く間に暗殺者の二人を始末するグレン。

その神速の槍捌きに僕は思わず舌を巻くとともに、あの時この男が槍を持っていなくてよかったと、心の中で改めて胸を撫で下ろした。

だが……僕も負けてはいられない。

「が……ふ……っ」

動揺してグレンに注目が集まっている隙を突いて、僕は暗殺者の一人の喉笛を斬り裂いた。

これで残る暗殺者は、あと三人……って。

「あと二人」

グレンがまた一人倒したのを見て、僕は苦笑する。

「それで、どちらを残す？」

「もちろん、そっちの弱いほうだ」

「分かった」

「っ⁉　な……舐めるなあああああああああッッッ！」

馬鹿にされたと思ったのか、暗殺者の一人が激高しグレンへと襲いかかる。

その隙にもう一人の暗殺者が逃げ出そうとしていたので。

「ぎぎ……っ」

僕がサーベルで暗殺者の両脚を斬り落としてやった。

グレンに襲いかかったほうの暗殺者も、槍の石突（いしづき）で強打され、呻き声を上げる暇もなく地面に倒れた。

「一人だけでよかったけど、二人捕えられたから尚いい」

「そうだな」

グレンが槍を引き、僕はサーベルを鞘に納めて頷き合う。

一方で。

「ギュスターヴ殿下……」

アビゲイルは状況が呑み込めず、表情こそ変化はないものの、真紅の瞳は不安で揺れていた。

「ご安心ください。グレン殿は、僕達の陣営に加わってくれることになりました」

そう言って手招きすると、グレンがアビゲイルの前に立つ。

「グレン＝コルベット。これよりアビゲイル殿下に忠誠を捧げます」

跪き、剣を差し出した。

「アビゲイル殿下。『皇国の盾』と『皇国の矛』は、いずれもあなたとともに」

背中を軽く押し、僕は微笑む。

アビゲイルはおそるおそる剣を取り、グレンの肩に置いた。

「グレン……あなたの忠誠を受け入れます。これからどうぞよろしくお願いします」

「はっ！　このグレン、命に代えても！」

「それは困るな。グレン殿には、これから大いに活躍してもらわなければならないのだから」

三年後に訪れる王国との戦いに備え、グレンの力は絶対に必要になる。

だからこそ僕は、ブリジットに命を狙われるであろうクレアを匿い、グレンを味方に引き入れたのだから。

……いや、それだけじゃなかったな。

グレンとクレアの兄妹は、生まれた時からブリジットの母親である第二皇妃パトリシアから、絶対的な忠誠を強いられ、それによって生き方を縛られ、囚われ、強要され続けてきたんだ。

ある意味それは呪いに近く、グレンから全てを聞いた時には他人事だとは思えなかった。

何故なら僕も、家族という存在に囚われ続け、一度命を失ったのだから。

(幸いなことに、グレンの呪縛はほぼ解けていたがな)

『王選』が行われた日のグレンとの決闘を終え、クレアを保護して彼から全てを聞かされた時には怒りを覚えたよ。

だからこそ、アビゲイルが女王となったあかつきには、そんな最低なことを許してたまるものか。

すると。

「お姉様、無事で何よりですわ」

「ブリジット……」

兵士を引き連れ、ブリジットが舞台に上がってきた。

表面上は姉の無事を喜び安堵の表情を浮かべ、その内に全てが水泡に帰したことへの怒りを携えて。

「ご安心ください。これからもお姉様が安心して処刑が行えるように、私がしっかりと警護に務めますわ。……ですので、その者達はこちらで引き取りましょう」

そうだよな。もし今回の件がブリジットの仕業なのだと明るみに出てしまったら、それこそ『妖精姫』は終わりだ。

だから何としてでも、生かしておいた暗殺者達を回収したいに決まっている。

「たとえブリジット殿下のお言葉だとしても、それはできませぬな」

「サイラス……」

「わしもこれだけの軍を動かしてしまった以上、真相を究明せねば収まりがつきませぬ」

サイラス将軍もこの場に駆けつけ、ブリジットを制止した。

とはいえ、いくらサイラス将軍が引き渡しを拒んでも、ブリジットは生きている暗殺者を強硬に回収するに違いない。

だから。

「そうですね……ブリジット殿下にお預けしたほうが、よいかもしれません」

「ギュスターヴ殿下!?」

僕の言葉に、サイラス将軍が思わず目を見開く。

「ウフフ、ギュスターヴ殿下は私のことをご理解いただけるのですね」

「もちろんです。だってあなたは、アビゲイル殿下のたった一人の妹君なのですから」

胸に手を当て、僕は笑顔でお辞儀をする。

少し芝居がかっている気もするが、同じく『妖精姫』などという本来の気性とは真逆の仮面を被っているブリジットに対する態度としては、むしろ適当だろう。

「アビゲイル殿下、それでよろしいですか？」

「……ギュスターヴ殿下に全てをお任せいたします」

そう言うと、アビゲイルは頷く。

真紅の瞳からは、僕への全幅の信頼が窺えた。

「そういうことですので、どうぞこの二人をお持ち帰りください」

「ええ、お願いしますね」

ブリジットが促すと、兵士達は二人の暗殺者を抱えていった。

「お姉様、ギュスターヴ殿下、そして……グレン、ごきげんよう」

笑顔で会釈するブリジットだが、グレンを見やった時の視線は凍えそうなものだった。裏切られたのだから、当然ではあるが。

「ふう……」

「ギュスターヴ殿下！　貴殿は一体何を考えておられるのか！」

一息吐いたのも束の間、サイラス将軍が険しい表情で詰め寄ってきた。

暗殺者をこちらで確保すれば、ブリジットの悪事を白日（はくじつ）の下に晒（さら）すことができるのだから、怒るのは当然だろう。

だけど。

「ギュスターヴ殿下。この男、もちろん連れて帰るのだろう？」

「当然」

転がる暗殺者の死体の一つを蹴り尋ねるグレンに、僕は笑顔で頷いた。

僕達のやり取りの意味が理解できず、サイラス将軍は呆けた表情を浮かべる。

「そ、その……一体どういうことで……？」

「あはは。この暗殺者、死んでませんから」

呆けたように尋ねてくるサイラス将軍に、僕はそう答えて口の端を持ち上げた。

◆

「ああもう！　本当に忌々しい！」

皇宮の自室。ブリジットは部屋の調度品を床や壁に叩きつけては、これまでの数々の鬱憤を晴らす。

ほぼ完勝で間違いなかったはずの『王選』に敗れ、かなり危ない橋を渡り姉であるアビゲイルを暗殺しようとしたにもかかわらず、それも阻止されてしまった。

全ては、ギュスターヴの手によって。

「どうしてなの！　あの男は王国によって生贄にされた、出来損ないの王子だったはずでしょ！」

アビゲイルの婚約者であるギュスターヴは、その出自から王国内で不興を買っている存在。だからこそ王国は、あの男を喜んで皇国に差し出した。

うだつが上がらない男だと知りつつも、ブリジットは自分が女王の座に就いた時に、王国との調整役……あるいは王国の情報を聞き出すのに少しは役に立つ。そう思い、秋波を送ってきたのだ。

何より、婚約者を奪うことで、よりアビゲイルを惨めな目に遭わせることができる。そう考えて。

ところがいざ蓋を開けてみたら、ギュスターヴは早々にサイラスと繋がってアビゲイルと関係を構築。エドワード王との交渉を成功させて、皇国の歴史において一度しか行われなかった、『王選』などというカビの生えた制度を利用した戦いを実現させた。

さらにはどんな手を使ったのかは分からないが、誰も知らないはずの『十人委員会』の構成員を懐柔し、それによってアビゲイルは『王選』に勝利。次の女王に選ばれてしまった。

そして……三日前のアビゲイル暗殺の失敗。

アビゲイルとここまで邪魔をしてくれたギュスターヴを始末し、暗殺を阻止できず二人を救えなかった自分を責める悲劇の妹を演じるはずだった。しかし、大軍を連れたサイラスの介入に加え、まさか母親が子飼いにしていたグレンまで裏切って向こうにつくなど、誰が予想できるだろうか。

「なんでグレンは裏切ったのよ！　コルベット家は、お母様に忠誠を誓っているんじゃなかったの⁉」

第二皇妃パトリシアの実家であるハワード公爵家は、皇族の血を引く由緒正しい家系。グレンの実家であるコルベット家は、代々ハワード家に仕えてきた。

パトリシアが第二皇妃としてエドワード王に嫁ぐ際、コルベット家は侍従としてメラニーという女性を派遣した。

その女性こそが、当時七歳だったグレンと三歳のクレアの母親である。

グレンとクレアの二人は、パトリシアとブリジットに忠誠を誓うように徹底的に教育された。絶対に裏切らないように、第二皇妃と第二皇女のために、命すら差し出すように。

だから、二人がブリジットを裏切ることなど、本来なら絶対にあり得ない。

だがブリジットは裏切られた。それが事実だ。

「そもそも、リアンノン聖教会はどうして何もしてくれないの！　私が女王にならなかったら困るのは、あいつ等じゃない！」

二年前、女王になるためにブリジットはある者と取引をした。

西方諸国の多くの国では、女神リアンノンを主神とするリアンノン聖教が国教となっているが、皇国では、独自の宗教であるアリアンロッド教を国教に定めていた。

つまりブリジットは、自身が女王となったあかつきには、皇国の国教をリアンノン聖教に改めることを条件に、リアンノン聖教会から便宜を図ってもらう約束をしていたのだ。

ところが、ギュスターヴが皇国へとやってきてからというもの、リアンノン聖教会からの連絡が途絶えた。

「ハア……ハア……まあいいわ。生きていた暗殺者の身柄はこちらが確保し、既に消したもの。今回は失敗だったけど、次の機会こそあの『ギロチン皇女』を亡き者にしてあげる。もちろん、その隣にいる出来損ないの王子と裏切者の騎士団長も」

部屋の中の物を一通り破壊し終え、ブリジットは息を荒くしながら口の端を吊り上げる。

父譲りのカリスマ性と苛烈さ、母譲りの狡猾で非情な性質を譲り受けたブリジットは、まさしくストラスクライド皇国の女王に相応しい資質を備えている。

だからこそ、ブリジットは許せない。

『ギロチン皇女』という役割を強要されても、どれだけ多くの貴族や国民に蔑まれても、父であるエドワード王に愛されなくても決して心が折れず。真の意味で信頼し支えてくれる婚約者や配下を持つ、自分とはまた違う女王としての資質を備えた存在が。

——アビゲイル＝オブ＝ストラスクライドが。

彼女がこの世界から消えてなくならない限り、ブリジットはアビゲイルの命を狙い続ける。

自分にないものを持ち合わせている、たった一人の腹違いの姉の命を。

「リアンノン聖教会だって、改めて私が次の女王になることが決まったら、すぐに手のひらを返してくるに違いないわ。その時はこれまでの過ちを認めさせて、跪かせて私の足でも舐めさせてやるわ。……ええ、そうね。聖女にそれをさせたら面白いんじゃないかしら」

リアンノン聖教会の象徴である、聖女セシル＝エルヴィシウス。

取引を持ちかけてきたのも、セシルからだった。

「ウフフ……聖女とは直接会ったことはないけれど、その時はきっと屈辱で泣いてしまうのではないかしら。ええ、ええ、私を馬鹿にする者には、全員報いを受けさせないと」

にたあ、と醜悪にほくそ笑むブリジット。

悪魔に魅入られているとしか思えないその表情に、『妖精姫』の面影はどこにもなかった。

その時。

「ブリジット殿下！」

飛び込んできた、一人の女性。

彼女は日頃からブリジットの身の回りの世話をする侍女だった。

「……何？　私は一人にしてって言ったはずだけど」

「っ⁉　申し訳ございません！」

ブリジットに睨まれ、侍女は思わず平伏する。

普段からブリジットの傍にいるからこそ、彼女は知っている。

ブリジットの本性を。機嫌を損ねてしまったら、自分と自分に関わる全ての者が破滅してしまうことを。

「ハア……まあいいわ。そんなに慌てているってことは、何かあったんでしょう？」

溜息を吐き、気を取り直してブリジットは尋ねる。

「は、はい。これをご覧ください……」

おそるおそる侍女が差し出した一枚の羊皮紙(ようひし)を奪うように取ると、ブリジットは目を通す。

そこには。

「な……何よこれ⁉」

――アビゲイル暗殺計画の全容が、包み隠さず記されていた。

◆

「いやはや、ギュスターヴ殿下がここまで用意周到に追い打ちをかけるとは、このサイラス＝ガーランド、感服しましたぞ！」

羊皮紙を手に取り、サイラス将軍が笑みを向けてくる。

処刑場での襲撃において、生きていた暗殺者二人はブリジットに差し出し、実はもう一人殺さずにおいて全てを自供させた。

その後デーヴィッドに協力してもらい、彼の情報網を使って皇都ロンディニア中にブリジットの所業を触れ回ったんだ。

そのおかげで、皇都に住む国民の『妖精姫』に対する評価は急落。もしブリジットがこれをもみ消そうとしても、もはや焼け石に水だ。

何より。

（エドワード王はもう、ブリジットを切り捨てることにしたようだしな）

もはや庇い立てできないと判断したのか、エドワード王はブリジットを拘束し、テミズ川の畔にある塔へ幽閉することを決定した。

生きて外界を臨むことは叶わない、暗く閉ざされた塔へと。

「……アビゲイル殿下と女王の座を争った妹君を、敬意を払ってお見送りするとしましょう」

僕達は今、皇宮の玄関で連行されるブリジットが現れるのを待っていた。

この場には僕やアビゲイル、サイラス将軍、マリエット、グレン、そして。

「…………………」

肩を震わせ俯く、クレアもいた。

彼女は幼い頃からの呪いによって、ブリジットが恐ろしくて仕方がないのだろう。

だが、目を逸らさせるわけにはいかない。

そうでなければ、クレアは永遠にブリジットの……ハワード公爵家の呪縛から逃れることができなくなってしまう。

「あ……」

「目を逸らすな。貴様の命は、『王選』の日に僕が預かったんだ。なら昔の主など、早々に決別してしまえ」

クレアの肩に手を置き、厳しい口調で告げる。

僕は処刑されたあの日に絶望と決別し、復讐を糧にここまで生きてきた。

命を落とさずに呪縛を解き放つことができるのなら、それに越したことはない。

この程度の恐怖、撥ね除けてしまえ。

「は……はいっ！」

歯を食いしばり、思いきり拳を握りしめて皇宮の玄関を見据えるクレア。

これでいい。これでこの女も、ブリジットの忠実な下僕などではなく、クレア＝コルベットとしての人生を歩むことができる……って。

「なんだよ」

「……いや。ギュスターヴ殿下は存外お人好しだと思ってな」

そう言うと、グレンは澄ました表情でかぶりを振った。

まさか。この僕がお人好しなど、あるはずがない。

何故なら僕の行動の全ては、復讐のためなのだから。

その時。

「ブリジット……」

手に枷を嵌められたブリジットを見て、アビゲイルが呟く。

もし『王選』に敗れていれば、彼女がその立場だったかもしれない。……いや、ブリジットのことだ。きっとアビゲイルを排除していただろう。

ただ、少なくともアビゲイルなら、ブリジットのような姿を晒すことはなかったと思う。……いいや、絶対にない。

未だにアビゲイルに敗北したことを認められず、虚ろな目で怨嗟の言葉を吐き続ける、『妖精姫』のなれの果てを見ながら、僕はそう思う。

「……あら」

僕達の前を通過する時になって、ようやくブリジットはこちらに気づいた。

あれほど強烈な輝きを放っていたエメラルドの瞳はどこまでも闇を湛え濁っており、もはや見る影もない。

「ウフフ……お姉様もこれから大変ですわね。ただでさえ『ギロチン皇女』と呼ばれて多くの民から嫌われているんですもの。これまで以上に英雄と呼ばれたお父様と比較されて、重圧で圧し潰されてしまわないといいですが」

ついさっきまでの様子とは打って変わり、ブリジットは優雅に微笑みを湛えて饒舌に告げる。

だが、相変わらず瞳に影を落としていることからも、この女なりの精一杯の強がりなのだろう。

だけど。

「大丈夫。今の私には、支えてくれる大切な者達が……大切な人がいる。女王として必ず、皇国を幸せに導いてみせるわ」

「……本当、憎たらしい。以前のお姉様だったなら、とっくに潰れていたものを」

ブリジットは舌打ちをしてみせるが、その言葉はどこかアビゲイルを認めているかのように感じられた。

全力を尽くして戦ったからこそ、この女もまたそのような心境になったのかもしれない。

「お姉様に一つだけ忠告してあげる。きっと近いうちに、皇国は危機に晒されるでしょうね。それこそ、お姉様ではどうにもならないほどの危機に」

「ブリジット、何を言って……」

「では、ごきげんよう」

そう言い残すと、ブリジットは胸を張り堂々と歩く。

最後に見せたその小さな姿は、『妖精姫』ブリジット＝オブ＝ストラスクライドとしての輝きを放っていた。

終章

「ふう……」

ブリジットが塔に幽閉された日の深夜、僕は皇宮の中庭に出て星を眺め、息を吐いた。

これまでの戦いの余韻を噛みしめたくて、気づけばここに足を運んでいたのだ。

王国と聖女セシルに裏切られ処刑された僕は、十五歳の頃の自分に死に戻り、復讐を誓った。

そのために身体を鍛え、死に戻る前の記憶と経験を活かして『ギロチン皇女』アビゲイルに取り入り、彼女を女王にすることで王国と戦うための力を手に入れたんだ。

それだけじゃない。

死に戻る前は王国の……聖女セシルの間者だったマリエットを仲間に引き入れ、絶対的な信頼を勝ち取り、『皇国の盾』であり師匠のサイラス将軍、『皇国の矛』のグレンという皇国最強の武人を二人も引き入れた。

さらには、皇国に対して恨みを持つデーヴィッド＝ハミルトン……いや、皇国に滅ぼされたかつての王国の最後の王族、ダビド＝アプ＝グリフィズすらも味方につけた。

そんな達成感に浸り、僕は静かに目を閉じる。

すると。

「ギュスターヴ殿下……」

中庭に現れたのは、アビゲイルだった。

「ひょっとして、アビゲイル殿下も眠れないのですか？」

「はい。それで、窓から外を眺めていたら、ギュスターヴ殿下のお姿が見えましたので」

「ああ、なるほど」

「その……お邪魔、でしたでしょうか……？」

上目遣いでおずおずと尋ねるアビゲイル。

普段とは違うその姿に、何故か僕の胸が温かくなった。

「とんでもない。むしろ僕も一人で寂しかったので、来てくださって嬉しいですよ」

そう言って彼女の手を取り、ベンチへと案内した。

「……私は、この国の女王になるのですね」

「ええ。もうあなたを阻む者は、この国にはおりません」

「ギュスターヴ殿下、そのようなお気遣いは無用です。私の立場など、薄氷を踏む思いで臨まなければすぐ足元が割れ、そのまま沈んでしまうくらい危ういのだと理解しておりますよ」

アビゲイルはそう話すが、それでも声は少し弾んでおり、月明かりに照らされた真紅の瞳にも希望が満ち溢れている。

彼女だって本当は、とても嬉しいんだ。

「そのようなことにならないために、僕やサイラス将軍、グレン殿がおります。……いえ、マリエットやクレアも、一緒に戦ってくれますよ」

「そうですね。ブリジットに告げたとおり、私には大切な仲間がおります」

胸元で拳を握りしめ、アビゲイルはそれを噛みしめるように頷いた。

「ええ、そうですとも。僕もあなたの仲間として……っ!?」

突然、人差し指で僕の唇を塞ぐアビゲイル。

いきなりのことで面食らってしまい、僕は動揺を隠せない。

「そ、その……」

「ギュスターヴ殿下は仲間ではありません。あなた様は、私の……その、婚約者……ですので……」

どこかたどたどしく告げると、アビゲイルは俯いてしまった。

ああ……そうだな。

僕とアビゲイルは、仲間とは違う。

だけど、こんな僕達の奇妙な関係を、何と呼べばいいのだろうか。

ただの政略結婚による関係とは違う。かといって仲間でもない……って。

(考えるまでもない、な……)

その答えは、アビゲイルが先に言ってくれたじゃないか。

僕とアビゲイルは、婚約者なのだと。

「あなたの言うとおりです。僕はアビゲイル殿下の婚約者で、あなたもまた僕の婚約者だ」

「はい……」

僕達は互いに手を取り、見つめ合う。

アビゲイルの女王へと至る道は、まだ始まったばかり。

多くの貴族や国民からの支持もほとんどなく、エドワード王にも疎まれている状況。僕達の行く末は、前途多難だ。

だけど僕は、アビゲイルや仲間達と成し遂げてみせる。

アビゲイルの戴冠、そしてヴァルロワ王国と聖女セシルへの復讐を。

きっとその先にある、僕達の未来のために。

——あの日のその先を、知るために。

断章

——ギュスターヴ＝デュ＝ヴァルロワ。

聖女である私が敬愛すべき女神リアンノンよりも求める、唯一人の男性(ひと)。

貧しい農家の三番目の子供だった私は、いつも食べるものにも困って、ひもじい思いをしておりました。

しかも私の下にも幼い弟と妹がいたので、なけなしの食事を分け与え、水で空腹を紛らわせることも日常茶飯事です。

でも、私には特別な力がありました。

傷を治せる、特別な力が。

治癒の力が発現したのは、私が十歳の冬。

高熱に見舞われ、隙間風が入り込む寒い部屋の中、シーツにくるまって生死を彷徨っていた私は、奇跡を見たんです。

光に包まれた女神リアンノンが現れ、苦しむ私の額に手を置いて微笑んでくださいました。

私は女神リアンノンへと手を伸ばしますが、残念ながら触れることはできません。

そのまま力尽き、次に目を覚ました時には朝になっていました。

「あれは……夢……？」

女神リアンノンに触れていただいた額に手を当てると、あれほど熱かったのにすっかり元どおりになっていました。

身体も軽く、病から回復した私は藁のベッドから降りると、窓から降り積もった雪景色を眺めます。

　すると。

「セシル、熱は下がったの……って、その髪はどうしたんだい⁉」

「え……？」

様子を見に部屋にやってきた母が、驚きの声を上げます。

私の髪が、一体どうしたというのでしょう。

母に促されるまま、私は鏡を見ると。

「こ、これ……っ⁉」

今まで栗色（くりいろ）だった髪が、雪のような輝く白銀に変わっていたのです。

まるで……女神リアンノンと同じように。

私の身体に現れた変化は、髪だけではありませんでした。

転んで擦り傷を負った弟の膝に手を当て、おまじないをしてあげると、なんと傷がなくなってしまったのです。

それを目の当（ま）たりにしても信じられない私は、自分の身体をナイフで傷つけ、同じように手をかざします。

「こ、これって……」

ナイフの切り傷はたちどころに消え、残っているのは血の痕だけ。

つまり、私の手には治癒の力が宿っていたのです。

父と母に、女神リアンノンが夢の中に現れたこと、治癒の力が私に宿ったことを話しました。

二人は半信半疑でしたが、実際にその力を見せると驚き、何かを話し込んでいます。


そして——私は、リアンノン聖教会に売られました。

教会は私を聖女に認定し、女神リアンノンの代行者としての地位と役割を与えました。

両親に捨てられたことは悲しかったですが、それでも、温かい住まいと食事を与えられ、教会の人達もとてもよくしてくださいました。

何より……私を死の淵から救ってくださり、治癒の力をお与えくださった女神リアンノンには、感謝の言葉もありません。

女神リアンノンを唯一神とし、その代行者としてこの身の全てをもって尽くすのは当然のこと。

私はますます、女神リアンノンに傾倒していきました。

だからこそ私は許せなかった。

今もなお女神リアンノンの素晴らしさを理解できず、邪神を崇める教徒の輩が。

絶対で唯一の神を冒涜する、この世に存在してはならない連中が。

私は訴えました。この世界から邪教徒を救わなければならない、と。

そんな私の提案に賛同してくださった教皇猊下をはじめとした敬虔な教徒の皆様は、すぐに西方諸国の各地の王侯貴族と手を結び、邪教徒の捜索に乗り出してくださいました。

するとどうでしょう。

多くのリアンノン聖教の教えを守る教徒達がいる国々で、邪教徒がまるで蟻のように次々と現れるではありませんか。

邪教徒に救いの手を差し伸べようと、教会は女神リアンノンの教えを説いてきましたが、全く効果はありませんでした。

女神リアンノンの愛に応え、神聖なる罰を与えてあげたというのに。

邪教徒はその罰に耐えることができず、地獄に堕ちる者がほとんど。かろうじて全ての罰を受け入れた者が、数日後に天に召されたことがせめてもの救いでしょうか。

いずれにせよ、引き続き多くの邪教徒を救わなければなりません。

私も聖女として各国の王族に教えの必要性を訴え、精力的に教えを説いてまいりました。

そんな折です。

特に女神リアンノンへの信仰に熱心なヴァルロワ王国において、国の繁栄と百年以上も続く邪教徒との戦の勝利を祈念するため、聖女として王宮を訪れたのです。

そして。

――私は、ギュスターヴ殿下にお逢いしたのです。

◇

「うふふ……あの時のギュスターヴ殿下は、本当に可哀想でした……」

今から五年前のあの日、王宮を訪れた私の目に飛び込んできたのは、兄であるフィリップに暴行を加えられ、床にうずくまるギュスターヴ殿下。

邪教徒への罰と比べれば児戯に等しいものでしたが、私は目を奪われたのです。

どれだけ殴られ、蹴られても、フィリップに媚びた眼差しを送る彼の姿に。

それはまるで、女神リアンノンの罰を受けることに喜びを見出しているかのように。

それはまるで、女神リアンノンの罰をさらに求めているかのように。

私は震えました。

ああ……ここまで愛を求めるギュスターヴ殿下こそ、聖女である私に相応しい御方なのだと。

そうです。私はこの時、ギュスターヴ殿下に心を奪われてしまったのです。

きっとあの御方は、この程度の罰では満足なさらないでしょう。

より多く、よりつらく苦しい罰こそが、ギュスターヴ殿下をお救いする唯一の方法。

それを乗り越えた先に、私はあの御方と手を取り合い、女神リアンノンのもとへと誘われるのです。

その日から私は、どうすればギュスターヴ殿下をお救いすることができるのか、そればかり考えるようになりました。

そうして導き出した答えが、あの御方が求めてやまない低俗なヴァルロワ王国の王族から引き離し、邪教徒がはびこるストラスクライド皇国に生贄として放り込むこと。

苦難の道を歩むギュスターヴ殿下だからこそ、女神リアンノンの代行者である私が用意した罰を喜んで受け入れてくださるでしょう。

そして全ての罰を乗り越えたその時に、ギュスターヴ殿下は女神リアンノンのもとへと導かれるのです。

もちろん、この私も一緒に。

それにしても。

「うふふふふ！　邪教徒なのに、どうして女神リアンノンの援助を得られると思っているのでしょうか！」

皇国から送られてきた一枚の書簡を読み、私は思わず笑ってしまいました。

だってそうでしょう？　皇国の邪教徒の、その最たる存在の一人であるブリジット皇女が、罰も受けずに救いを求めるなんてあり得ませんもの。

「やはりギュスターヴ殿下は、よくお分かりですね。ブリジット皇女にここまで罰をお与えになられたのですから」

皇国に渡って早々に、邪教徒の皇女の一人を打ち負かし、幽閉という罰を与えたギュスターヴ殿下。

できればもう少しこまめに報告をいただきたいところですが、マリエットもギュスターヴ殿下のお手伝いで忙しいでしょうから、あまり贅沢も言えませんね。

彼女もまた、弟の病を救うために罰を受けている最中でもありますので。

「ああ……！　ギュスターヴ殿下……あなた様が全ての罰を受け入れたその時が、楽しみでなりません……！」

ギュスターヴ殿下を想って人差し指をついばみ、私は吐息を漏らす。

きっとあの御方は、これからも様々な罰を受けつつ、邪教徒どもにこれ以上ない罰を与えてくださることでしょう。

そんなギュスターヴ殿下が罰を終えた時を……絶望と怒り、悲しみ、苦しみ、それら全てを乗り越えたその時を思い浮かべ、私はくるくると回ります。

——悦びと感動に打ち震え、恍惚の表情を浮かべて。

強くてニューサーガ
NEW SAGA
1~10
阿部正行
Abe Masayuki
シリーズ累計
90万部
突破!!
（電子含む）
2025年7月より
TOKYO MX、ABCにて
TVアニメ
放送開始！

小型オンリーテイマーの辺境開拓スローライフ
小さいからって何もできないわけじゃない!
著
渡琉兎
可愛い&激つよな
プチもふ従魔は最高です!!
貴族家の長男、リドル・ブリードとして転生した会社員の六井吾郎。せっかくの異世界転生、全力で楽しもう……と思ったのも束の間、神から授かったのは、小型魔獣しかテイムできないスキル「小型オンリーテイム」!? 見栄っ張りな父親は大激怒! リドルは相棒である子犬のレオ、子猫のルナと辺境領へと追放されることに。しかし辺境領に向かう途中、レオとルナが凶悪魔獣すらワンパンしちゃう最強もふもふだったと判明! その上、辺境領には特別な力を持った激レアのプチ魔獣がたくさん暮らしていて……!? 可愛い&最強な小型従魔たちと辺境を大開拓! 異世界ちびもふファンタジー!!
●定価:1430円(10%税込) ●ISBN:978-4-434-35347-5 ●Illustration:しば

微炭酸
Bitansan

やっと冒険者を引退して辺境の森にやってきたのに、
みんなが俺を頼ってくる……

憧れのぬくぬくおひとりさま生活はまだ遠い？

アルファポリス 第17回
ファンタジー小説大賞
キャラクター賞
受賞作!!

父親の悪評のせいで国中の人々から嫌われていたロアは、S級冒険者を引退すると共に自由を手に入れた。念願のスローライフを営もうと、ロアはたった一人でS級冒険者しか辿り着けない危険地帯へと向かう。しかし、なぜか次から次へと国を追われた人たちが危険地帯へとトラブルを抱えて集まってくる。ロアは憧れのスローライフに浸るため、冒険者時代に磨いたスキルを駆使してトラブルの解決に奮闘していく――スローライフ風人助けファンタジー、開幕！

●定価：1430円（10%税込）　●ISBN 978-4-434-35345-1　●illustration：紅木春

この作品に対する皆様のご意見・ご感想をお待ちしております。

おハガキ・お手紙は以下の宛先にお送りください。

【宛先】

〒150-6019 東京都渋谷区恵比寿4-20-3 恵比寿ｶﾞｰﾃﾞﾝﾌﾟﾚｲｽﾀﾜｰ 19F
（株）アルファポリス　書籍感想係

メールフォームでのご意見・ご感想は右のＱＲコードから、
あるいは以下のワードで検索をかけてください。

ご感想はこちらから

本書は Web サイト「アルファポリス」（https://www.alphapolis.co.jp/）に投稿されたものを、改題、改稿、加筆のうえ、書籍化したものです。

処刑(しょけい)された死(し)に戻(もど)りの第六王子(だいろくおうじ)は故国(ここく)を捨(す)て、隣国(りんごく)のギロチン皇女(こうじょ)と復讐(ふくしゅう)を誓(ちか)う

サンボン

2025年 2月28日初版発行

編集－若山大朗・今井太一・宮田可南子
編集長－太田鉄平
発行者－梶本雄介
発行所－株式会社アルファポリス
〒150-6019 東京都渋谷区恵比寿4-20-3 恵比寿ｶﾞｰﾃﾞﾝﾌﾟﾚｲｽﾀﾜｰ19F
TEL 03-6277-1601（営業） 03-6277-1602（編集）
URL https://www.alphapolis.co.jp/
発売元－株式会社星雲社（共同出版社・流通責任出版社）
〒112-0005 東京都文京区水道1-3-30
TEL 03-3868-3275
装丁・本文イラスト－俄
装丁デザイン－AFTERGLOW
印刷－中央精版印刷株式会社

価格はカバーに表示されてあります。

落丁乱丁の場合はアルファポリスまでご連絡ください。

送料は小社負担でお取り替えします。


ISBN978-4-434-35348-2 C0093